Silke Knäpper

Hofkind

Roman

KLÖPFER&MEYER

1

Ich stand am Fenster meiner kleinen Wohnung in Freiburg, es war früher Morgen. Ich hatte nicht schlafen können, ich schwitzte, also war ich aufgestanden. Es war schon hell draußen, nur der Hinterhof lag im Schatten unter dem allmählich aufbrechenden Himmel. Ich öffnete das Fenster, eine tote Spinne hing an dem alten Holzrahmen. Von den Mülltonnen kam ein fauliger Geruch. Natürlich musste ich an meinen Vater denken, während ich dort stand und mir über den Bauch strich, über das neue Leben, über das ich zu entscheiden hatte. Und das es besser haben sollte als ich selbst, sollte ich es tatsächlich mit ihm aufnehmen. Ich schnippte die Spinne weg und schaute zu, wie sie herunterfiel, sie schwebte mehr, als dass sie fiel. Ich schaute ihr nach, bis sie auf dem Deckel einer der Tonnen landete, an deren Rändern der Abfall herausquoll. Es mit dem Leben aufnehmen, dachte ich, während ich dort stand. Einfach die Wahrheit sagen. Ich machte das Fenster wieder zu. Es war Anfang August.

Meine Mutter Marlies hatte auf ihre Weise versucht, es mit dem Leben aufzunehmen. Als Kind eines französischen Soldaten und einer Mutter, die über den Anfeindungen ihrer Umgebung zerbrach, hatte sie es sicher nicht leicht gehabt. Sie war 1946 geboren, in eine Trümmerlandschaft hinein, und hatte ihren Vater nie kennen gelernt. Er musste wohl keltische Einflüsse gehabt haben, angeblich kam er aus dem Nordwesten Frankreichs. Auf diese Weise zumindest hatte ich mir immer ihre Haare und ihre Sommersprossen erklärt, ihre Merkmale eben, die auch meine waren. Ihre eigene Mutter war früh verstorben, noch vor meiner Geburt, Marlies war in ihrem letzten Lehrjahr gewesen. Als sich ihr die Gelegenheit bot, die Schneiderei, in der sie gelernt hatte, zu übernehmen, zog sie es vor, sich meinem Vater zu überlassen, so wie später meinem Stiefvater. Ohne Mann könne sie nicht sein, sagte sie immer. Und ich hatte es nie anders erlebt.

Mein Vater hatte sie aus ihrer Nähstube geholt, Hajo holte sie aus der Wohnstube meines Vaters, die längst bedrückend und unwirtlich geworden war. Daran vermochte auch meine Anwesenheit nichts zu ändern. Ich erinnerte mich noch gut an die dunklen Abende, an denen das Schweigen sich über unsere Familie legte wie ein Tuch, nur das Prasseln der Holzscheite im Kamin, selbst an Sommerabenden brannte das Feuer. Als würde es niemals warm werden in unserem kleinen Haus, das an den Hof der von Rechens anschloss, den Hajo bewohnte. Hajo mit seinen Pferden und Hunden, mit den Kaninchen und dem Schrank voller Waffen. In dessen

Stube die Trophäen an der Wand hingen und seine ausgestopften Tiere, nur ein paar, nur die schönsten. Neben der Stereoanlage von Bang and Olufsen und dem Portrait seines Großonkels in Öl.

Aber auch an anderes erinnerte ich mich, das musste noch weiter zurückliegen, an das Lachen meines Vaters, wenn er mich ums Haus jagte und ich über meine eigenen Beine stolperte, an die Lieder, die aus seinen Boxen dröhnten, wenn er sich rasierte oder in der Badewanne lag, an das Kratzen der Nadel auf dem Plattenspieler. Und an das dicke Buch erinnerte ich mich, das auf seinem Schreibtisch lag, mit dem für mich unaussprechlichen Namen, der große Pschyrembel, und von dem er aufsah, wenn ich ins Zimmer kam. So schwer war das Buch, dass ich es kaum halten konnte. Er lachte dann und nahm es mir aus der Hand, das gesammelte Wissen der Ärzte, sagte er. Nur manchmal, da lachte er nicht. Dann sah er traurig aus. Das gesammelte Wissen der Ärzte, sagte er. Aber das, was man wirklich brauche, stehe dort nicht.

Erst im Nachhinein dachte ich, dass er mit jedem Jahr ernster geworden war und die Eltern immer weniger sprachen. Und immer häufiger ging meine Mutter zu Hajo hinüber. Irgendwann blieb sie ganz.

Von meiner Mutter hatte ich die Haut und die Haare und die weit auseinanderliegenden Augen. Mein Stiefvater sagte immer, er wolle eine Frau mit Merkmalen, keinen Klon. Dabei vergaß er offensichtlich, dass ich ein Klon meiner Mutter war. Er mochte gerade das Undefinierbare an ihr, nicht ganz rot, aber nicht mehr blond, ihre durchlässige Haut, ihre stolze Haltung, die beim Geringsten einbrach.

Sie hatte Hajo geheiratet, da war sie gerade zwölf Wochen geschieden, von meinem richtigen Vater. Einen »von« hatte sie geheiratet, einen von Rechen, was auch immer das hieß. Jedenfalls war mir mein richtiger Vater lieber. Woran ich mich noch erinnerte, war, dass er Frankreich liebte, die Bretagne und die Normandie. Er liebte Shostakovich und französische Chansons. Am liebsten hörte er Jacques Brel. Er sah selbst ein bisschen aus wie Jacques Brel, fand ich, später dann, als ich mir die Bilder von ihm ansah und ihn allmählich zu verstehen begann.

Er hatte meine Mutter in Freiburg kennen gelernt, eben in jener Schneiderei in der Gerberau, in der meine Mutter lernte. Sie steckte ihm die Schultern eines Anzugs ab, dabei musste sie auf einen Schemel steigen, wie sie später erzählte. Beim Heruntersteigen trat sie auf eine zu Boden gefallene Stecknadel, sie fiel um und direkt in seine Arme. Man könnte sagen, die Liebe meiner Eltern begann mit einem Aufschrei und endete in der Stille. Der Tod meines Vaters kam für niemanden überraschend, so hieß es. Nur für mich. Ich war acht Jahre alt.

Nach der Beerdigung waren wir zum ersten Mal zu den Großeltern gefahren. Es war ein heller, heißer Tag. Die ganze Zugfahrt über hatte die Sonne durch die Scheiben gebrannt und die vorbeifliegenden Felder in ein erdiges Gelb getaucht. Es war Sommer und mein Vater gerade vier Wochen tot.

Großmutter empfing uns auf dem kleinen Bahnsteig in Herrenberg. Herrenberg, der Name hörte sich vornehm an. Ich schwitzte unter dem hellen Blumenkleid, das hatte meine Mutter genäht. Damit du hübsch aussiehst, hatte sie gesagt. Dazu hatte sie mir einen Margeritenkranz in die Haare gebunden, der von der Hitze schon ganz welk geworden war.

Großmutter Erna war eine stattliche Person. Wenn ich mir später ihre Fotos anschaute, dachte ich immer, sie sähe aus wie Simone de Beauvoir, mit ihrem streng nach oben gebundenen Haarknoten.

Meine Mutter half mir aus dem Zug, ich umklammerte mit der linken Hand mein kleines Köfferchen mit der Puppe, mit der rechten die Hand meiner Mutter. Großmutter schritt langsam auf uns zu, sie trug ein sandfarbenes Kostüm und einen großen hellen Hut. Mein Gott, die hat ja rote Haare, rief sie aus, was für ein hässliches Mädchen. Und so gar nichts von unserem Claus.

Ich spürte, wie meine Mutter einatmete, wie ihr Brustkorb sich hob.

Das ist Carla, sagte sie. Gib deiner Großmutter die Hand.

Ich schaute an mir herunter, meine dünnen weißen Beine in den Sandaletten, die an der Ferse schürften.

Ich schaute auf die blauen Flecke vom Klettern, die sich allmählich gelb färbten. Ich wagte nichts zu sagen.

Später sollte meine Großmutter mir vorwerfen, dass ich nicht gegrüßt hatte. Dass ich überhaupt kein Benehmen hätte, nur dumm herumstand. Dass ich offenbar nie gelernt hätte, mich nützlich zu machen. Es war der erste und einzige Besuch in Herrenberg, solange Erna noch lebte.

In die Wohnung unter mir kam mit einem Mal Bewegung. Die Studenten aus der WG mussten gerade nachhause gekommen sein. Es hörte sich an, als stolperten sie alle gleichzeitig in den Flur, ein Getrappel und Gelächter, ein Durcheinander von Stimmen. Offenbar waren sie wenig bemüht, leise zu sein, oder zu betrunken, es umzusetzen. Wer weiß, wo sie sich herumgetrieben hatten in der Nacht, im Jazzhaus vielleicht, oder im Crash. Ich war ein paar Mal mit Frieder dort gewesen, ich hatte mich fremd gefühlt.

Einer der Studenten hatte Musik angemacht, die wummernden Beats drangen nach oben. Vielleicht war ihnen auch alles egal, dachte ich, jetzt, da das Gerücht ging, dass sie zum Sommer ausziehen mussten. Ich spürte einen Impuls, nach unten zu gehen, mich einfach zu ihnen zu gesellen. Ich war eine von ihnen, dachte ich, noch fühlte ich mich zugehörig. Ihr Leben stand mir näher als das, was mich erwartete. Ich ging zurück ans Fenster, öffnete es wieder. Es war noch heller geworden draußen. Jemand von ihnen musste Kaffee aufgebrüht haben, der Geruch mischte sich unter den Gestank aus den Mülltonnen. Mir wurde übel. Ich hatte nicht mehr viel Zeit.

2

Zwanzig Jahre hatte der Tod seine Schatten auf mein Leben geworfen. Erst starb mein Vater, dann die Großmutter, dann ihr Mann, dazu kamen all die Tiere, die ich hatte sterben sehen, die mein Stiefvater erlegte, im Namen der Hege und Pflege des Bestandes, aber auch für ein gutes Essen. Oder um der Ehre willen, vielleicht. Zwanzig Jahre, deren Verlauf ich an den Sterbefällen meiner Umgebung hätte festmachen können, gleich den Jahresringen der gehauenen Eiche am Waldrand bei Waltershofen. Dort hatte mein Stiefvater sein Revier.

Die ersten Jahre mit Hajo waren, folgte man den Berichten meiner Mutter, die schönsten, die ihr das Leben bot. Für mich hingegen waren diese Jahre vor allem eine große Stille, die sich durch meine späte Kindheit zog wie eine unausgesprochene Klage, wenn ich um das Anwesen streifte, zum Beispiel, alleine mit meinen Kaninchen und den herrenlosen Puppen. Oder wenn ich mit Hajo und Marlies um den dunklen Eichentisch saß, äußerlich anwesend, doch wie abgetrennt von der Welt der Erwachsenen. In meinen familiären Rollenspielen waren die Väter stets tot oder auf der Pirsch.

Nach dem Tod meines leiblichen Vaters war meine Mutter eine Zeitlang abends in mein Zimmer gekommen, immerhin, dann setzte sie sich zu mir an die Bettkante, sie strich mir die Haare aus der Stirn und versuchte sich in holprigen Erklärungsversuchen. Ich lag stocksteif und starrte an die Decke, meine Anna an die Brust gedrückt. Anna war eine Stoffpuppe mit zerzausten roten Haaren und einem rosafarbenen Kleid. Die hatte mir mein Vater zu meinem fünften Geburtstag geschenkt, weil er fand, dass sie aussah wie ich. Ich presste meine Puppe an mein Herz, jeden Abend, und schwieg, bis meine Mutter sich für ihre Hilflosigkeit entschuldigte, aufstand und das Licht ausknipste. Nur einmal, da sagte sie: Und wenn ich mit Hajo weniger glücklich wäre, davon würde dein Papa auch nicht wieder lebendig.

Die ersten Jahre schien sie glücklich mit Hajo, ja. Meine Mutter hörte nicht auf, das zu betonen. So glücklich, dass sie nicht einmal das Alleinsein als drückend empfand, wenn Hajo ausblieb, um seinen Gewohnheiten nachzugehen, allen voran der Jagd. Aber auch zu seinen Herrenabenden ging er regelmäßig, ins Freiburger Hotel Colombi. Dort ließ er dann den Madison-Salon reservieren, für sich und die anderen Herren. Auch meine

Mutter führte er immer wieder zum Essen dorthin aus, dann aber ins Hotelrestaurant. Manchmal durfte ich sie begleiten. Aber lieber und häufiger noch begleitete ich sie in die umliegenden Dörfer und Straußenwirtschaften mit ihren einfachen und schmackhaften Küchen. Im Sommer fuhren wir mit offenem Verdeck dorthin, rund um den Tuniberg mit seinen Rebstöcken und Weintrauben, vorbei an goldgelben Landschaften mit Sonnenblumen und Maisfeldern. Und bevor das Essen serviert wurde, durfte ich noch nach draußen gehen und die Gegend erkunden. Wenn ich mich dabei dreckig machte, lachte Hajo nur. Nicht so meine Mutter, die um meine Kleider fürchtete, immerhin hatte sie sie liebevoll entworfen und genäht. Auch wenn ich mir nicht sicher war, wem ihre Liebe mehr galt, dem Stoff oder mir, die ihn trug.

Gasthöfe und Gäste, das waren wesentliche Ingredienzien im Leben meiner Eltern. Irgendwann beschloss ich, Hajo als meinen Stiefvater zu akzeptieren, ändern konnte ich es ohnehin nicht. Aber auch mein leiblicher Vater hatte es mit den Gasthöfen gehabt, darin trafen sich die beiden Männer meiner Mutter, im Geben und Nehmen, im Trinken, Essen und Feiern. Auch die Frauen ließ man daran teilhaben, meine Mutter Marlies und Wiebke, Hajos erste Frau. Lang hatte Hajos erste Ehe nicht gehalten, aber bis zum endgültigen Bruch war man zu viert unterwegs, ein trautes Gespann. Anfangs ausgelassen, später weniger fröhlich, dann, als die ersten Schatten sich einstellten, in Form von unrechtmäßigen Blicken und falschen Zuwendungen. Wiebke von Rechen war die Erste, die aus dem Quartett herausfiel, als das Pendel von Hajos Interesse immer mehr zu den Gehrkes hin ausschlug, insbesondere zu Marlies Gehrke, meiner Mutter. Was meinem Vater nicht verborgen geblieben sein konnte, auch wenn er sich dazu nicht äußerte. Die Traurigkeit, von der meine Mutter immer sprach, die sie nicht ertrug, hatte seinen Willen längst gelähmt. Schon lange vor Wiebkes Abgang, der das System von Verwandten und Wahlverwandten endgültig zum Kippen brachte.

Wiebke von Rechen war eine groß gewachsene Blondine, ihre Stimme war herb und rauchig, ihr Lachen unnatürlich laut. Auf den Fotos, die man mir zeigte, war immer sie es, die meine Mutter ins Bild hielt, gewissermaßen, ob sie sich nun in fordernder Pose bei ihr einhakte, sie umarmte oder ihr die beringten Finger auf die schmalen Schultern legte. Wiebke blickte aufreizend in die Kamera, aber immer mit einem Seitenblick zu meiner Mutter, als würde sie sagen, schau, Marlies, gleich kommt das Vögelchen. Das Leben ist schön, wenn man Geld hat, zeig es der Kamera. Und wenn du selbst keines hast, so hast du doch uns.

Dabei überragte sie meine Mutter um einen ganzen Kopf.

Meine Mutter war beeindruckt von Wiebkes Großzügigkeit, aber mehr noch bewunderte sie ihren Stolz und ihre Gabe, gebildeter zu erscheinen, als sie war. Als Wiebke merkte, dass Hajo die Zartheit meiner Mutter ihrer barschen Weiblichkeit vorzuziehen begann, besaß sie Würde genug, selbst das Blatt zu wenden. Wiebke von Rechen verkündete ihren Ausstieg aus der knapp achtjährigen Alliance und überließ ihren überrumpelten Hajo meiner vollkommen überforderten Mutter mit den Worten, sie solle gut für ihn sorgen, sein Frühstücksei verzehre er am liebsten wachsweich. Es kämen Zeiten, sagte sie noch, da gewännen solche Kleinigkeiten an Bedeutung. Dann werde sie, Marlies, an ihre Ratschläge zurückdenken.

Mit meinem Vater rechnete zu diesem Zeitpunkt keiner mehr.

Aber Wiebke sollte Recht behalten. Meine Mutter dachte noch oft an Wiebke zurück. Nicht wegen ihrer hingezischten Prophezeiungen, sondern weil sie die einzige Freundin war, die sie gehabt zu haben glaubte. Nach dem Tod meines Vaters hatten sie sich sogar hin und wieder getroffen, nur die beiden Frauen, ohne Hajo. Aber irgendwann konnte meine Mutter Wiebkes Sticheleien nicht mehr ertragen, ob Hajos Zunge immer noch so pelzig sei vom Rotwein, und seine Wut so martialisch, ob er immer noch Rilke deklamiere in Gesellschaften oder die Jagdstiefel anbehalte, wenn er mit ihr schlief. Vielleicht auch konnte sie es nicht ertragen, dass Wiebke gegangen war. Einfach so. Und sie selbst niemals gehen könnte. Je älter ich wurde, desto mehr begriff ich, dass Wiebke es tatsächlich gut mit meiner Mutter meinte, auch wenn sie mir nie sonderlich nahestand. Wiebke war keine Frau, auf die Kinder fliegen. Ihr Charme wirkte aufgesetzt, ohne es zu sein, sie wirkte maskenhaft, dabei war sie geradeheraus. Und immer eine Spur zu laut.

Davor hatte es noch Dagmar gegeben, meine Mutter hatte sie in der gemeinsamen Lehrzeit kennen gelernt. Aber nach der Hochzeit mit meinem Vater schien meine Mutter ihr bisheriges Leben abgeschnitten zu haben. Dagmar hatte dann die aus Altersgründen abgegebene Schneiderei in der Gerberau übernommen, eben an Stelle meiner Mutter, die zuerst gefragt worden war. Meine Mutter hatte einen Ehemann, da brauchte sie nicht mehr zu nähen. Nur noch für ihn. Für das gemeinsame Kind. Und für das Enkelkind, das ich ihr schenken sollte.

Gelegentlich erwähnte meine Mutter Dagmars Namen, so beiläufig, wie man von einem Frisörtermin spricht. Ich fragte mich oft, was in diesen Momenten in ihr vorging, und wenn ich sie darauf ansprach, sagte meine Mutter immer, sie und Dagmar, das habe nicht gepasst. Aber manchmal, da zog es sie doch wieder in die Gerberau, bei ihren Streifzügen durch die Stadt, wenn es sie wie willenlos dorthin trieb, wenn sie sich buchstäblich gehenließ, hinterm Martinstor abbog, als würde ein Instinkt sie führen. Oder eine Sehnsucht, die sie sich selbst nicht eingestand. Wer weiß. Und da stand sie dann, vor der Ladentür der kleinen Schneiderei, in der sie gelernt hatte, unschlüssig, ob sie eintreten sollte - was sie dann doch jedes Mal tat. Als Kind hatte sie mich manchmal dorthin mitgenommen. Hier, sagte sie, hier habe ich gelernt. Die Glöckchen an der Ladentür bimmelten, innen roch es nach Mottenpulver und Lavendel. Dagmar war immer freundlich. Sie bot uns eine Tasse Tee an, meistens lehnte meine Mutter ab. Meine Mutter fragte, wie es ihr gehe, wie der Laden laufe, und Dagmar sagte, gut. Sie könne nicht klagen. Aber dass sich immer weniger Leute etwas maßschneidern ließen, sagte sie einmal, das bedauere sie, sie lachte heiser auf, weißt du noch, der Anzug für deinen Mann? Meine Mutter ließ ihren Blick durch die Stube schweifen. Ach, sagte sie, der Claus.

Und sonst?, fragte Dagmar.

Manchmal gab sie mir einen Brauselolli.

Dagmar hatte kurze braune Haare und dunkle Augen und eine Warze rechts neben der Oberlippe. Einmal erwischten wir sie dabei, wie sie gerade daran herumzupfte, als wir in den Laden traten. Sie legte erschreckt den Handspiegel weg und lachte erleichtert auf, als sie sah, dass nur wir es waren. Dann versteckte sie die Pinzette in der Schublade unter dem Ladentisch. Seither musste ich immer auf diese Warze starren, aus der offensichtlich Haare wuchsen, wenn man nicht aufpasste, aber von der meine Mutter sagte, sie sei in Wahrheit ein Schönheitsfleck. Jedenfalls mochte ich Dagmar. Sie war immer fröhlich, und bis auf die Warze fand ich sie auch schön. Ich kannte nicht viele Frauen mit kurzen Haaren, auch nicht aus den Büchern, die ich las.

Hajo sagte, Dagmar habe wechselnde Männer.

3

Seit ich schwanger war, musste ich häufiger an Dagmar denken. So auch Ende April, als ich wieder einmal am Fenster stand, wie so oft, und auf meine Mutter wartete, und der Müll im Hof aus den Tonnen quoll. Mir war plötzlich schwindelig geworden, ich war in die Küche gegangen, hatte die Fenster weit aufgerissen. Fenster auf, Fenster zu. Jetzt wurde mir schlecht von den Küchengerüchen, die von den Nachbarn kamen. Irgendjemand musste Eier braten, dachte ich, vielleicht die Studenten-WG, ich roch das zerlassene Fett. In den ersten Wochen der Schwangerschaft hatte mich jede Art von Brotgeruch angewidert, jetzt stieß mir der Geruch von Gebratenem auf. Ich schüttete den Inhalt meiner Teetasse in den Ausguss. Seit das Kind in meinem Leib auf den Magen drückte, aß ich nur noch zerstampftes Gemüse und Püree. Ich wusste nicht, warum ich schon wieder an Dagmar denken musste. Vielleicht, weil es im Hinterhof der Schneiderei so ähnlich gerochen hatte. Schon als Kind war ich fasziniert gewesen von den Hinterausgängen und Höfen, von allem, was hinter dem Augenscheinlichen lag. Dagmar sammelte die beim Nähen angefallenen Abfälle, Garnreste und Spulen, unverwertbare Stofffetzen, in einem alten Drahtkorb.

Einmal bat sie mich, diesen im Hof für sie auszuleeren. Sie öffnete mir die Hintertür und wies mir den Weg. Ich schaute auf die bunten Stoffreste, streckte meine Hand hinein und wühlte darin, manche fühlten sich weich an, andere klebrig oder pelzig. Ich suchte mir die schönsten heraus und band sie mir als Schleifen ins Haar. Dann riss ich sie mir wieder herunter. Bei uns zuhause gab es genug solcher Reste. Meine Mutter hortete sie geradezu, in der geschnitzten Holztruhe im Flur. Ich sah mich im Hinterhof um und kippte den Eimer in den Müll.

An diesem Tag war meine Mutter länger bei Dagmar geblieben als üblich. Als ich vom Hof zurückkam, hatte sie ihre große Sonnenbrille abgenommen und schniefte, als hätte sie gerade geweint. Ihre Augen waren gerötet und glänzten. Als sie mich kommen sah, rieb sie sich mit dem Handrücken über die Nase und setzte die Brille schnell wieder auf. Dann drückte mir

Dagmar ein paar Groschen in die Hand, ich solle mir im Milchladen an der Ecke ein paar Bonbons kaufen, für das Leeren des Eimers, und ich solle mir Zeit lassen.

Meine Mutter musste wegen meines Vaters geweint haben. Als wir später nach Hause zurückkamen, war er verschwunden. Er habe dringend zu den Großeltern fahren müssen, sagte man mir, zu Oma Erna und Opa Gustaf, seinen Eltern. Die ich zu diesem Zeitpunkt noch nicht einmal kannte, nur vom Hören.

Nach diesem Vorfall ging meine Mutter lange nicht mehr in die Gerberau. Aber am selben Abend war Hajo gekommen und die ganze Nacht bei uns geblieben, auch am nächsten, und von da an kam er täglich. Und im Zimmer meines Vaters lag das dicke Buch, aufgeschlagen auf dem Schreibtisch. Der große Pschyrembel. Dort wo er jetzt war, dachte ich, brauchte er ihn nicht.

Dagmar war mir wegen der Hofgerüche in den Sinn gekommen, dachte ich, und weil ich hochschwanger war, vielleicht, und wegen der Männer. Vielleicht auch, weil die Wahrheit mich trieb und die Sehnsucht, sie auszusprechen.

Ich hätte gute Lust gehabt, sie aufzusuchen, nach so langer Zeit, einfach in den Laden zu treten. Insgeheim wünschte ich mir, sie würde so sitzen wie früher, mit dem Handspiegel in der Hand, mit ihrem Pepita-gemusterten Petticoat. Wie auf dem Foto, das mit den anderen in der Kommode lag. Irgendwann trug sie Schlaghosen und mit Blumen bedruckte Blusen. Aber für mich war sie immer die Gleiche geblieben, trotz ihrer Wandlungen in den Jahren, sie war die Dagmar im Petticoat mit dem roten Lippenstift und dem Kurzhaarschnitt.

Ich würde in den Laden treten und die Glocke würde sie aufschrecken und dann würde ich mich zu ihr setzen und erzählen, dachte ich. Ich würde auf meinen Bauch zeigen und ich würde sie ansehen, voller Erwartung, hoffend auf ein Zeichen, das mir Mut machte, das mir sagte, es war gut so. Und dann würde ich sie allerhand fragen, Dinge, die sie nicht wissen konnte, nur vermuten, aber mit dem weisen Blick derer, die wissen, wovon sie sprechen. Wie meine Mutter war, und warum sie war, wie sie war und zu dem wurde, was sie jetzt war. Und von meinem Vater würde ich sprechen. Dagmar hatte die Nadel fallen hören, in die meine Mutter trat, bevor sie in seine Arme fiel, sie hatte hinter dem Vorhang gestanden. Und ich würde fragen, warum er gegangen war. Obwohl ich die Antwort schon wusste.

Die Studenten in der Wohnung unter mir hatten die Musik aufgedreht, wie immer, sie hörten die Beatles, Penny Lane. Gute-Laune-Musik, dachte ich, die Heiterkeit der Studenten schwappte nach oben. Ich machte das Fenster wieder auf. Am liebsten wäre ich nach unten gegangen und hätte mich zu ihnen gesetzt, am liebsten wäre ich aufgebrochen, irgendwohin. Und plötzlich wünschte ich, es wäre Dagmar, die gleich kommen würde, mit einem Korb voller Kleider und Rasseln für mein Kind, Dagmar statt meiner Mutter, die ich erwartete.

Sie hat wechselnde Männer, hatte Hajo gesagt. Eine Vermutung, mehr nicht, aber hingeworfen bei einem unserer gemeinsamen Abendessen wie das unumstößliche Urteil eines Fachmanns. Als handle es sich bei seiner Einschätzung um die Blume des Bordeaux, den er gerade aus der Karaffe goss, und den er auch mir kräftig nachgoss, als er merkte, dass mich seine Bemerkung aufhorchen ließ. Das sei nichts für Mädchenohren, sagte er, und dass es Zeit für mich sei, nach oben zu gehen. Dass es vielleicht auch nicht richtig war, eine Zwölfjährige mit Rotwein zu sedieren, daran dachte er nicht.

Dagmar mochte ihre Männer wechseln, vielleicht, und im Zweifelsfalle war sie lieber allein. Aber meine Mutter konnte ohne Mann nicht sein. Vielleicht müsste ich ihr deshalb die Wahrheit sagen, dachte ich, als ich am Fenster stand, den fauligen Müllgeruch in der Nase.

Let it be, tönte es jetzt von unten, die unverwechselbare Stimme von Paul Mc Cartney. Die Stimme wurde leiser, der Song verebbte. Ein gekonntes Fading out, dachte ich, ich musste an Frieder denken. Ein typisches Frieder-Wort. Immer dann, wenn wir miteinander geschlafen hatten und ihm die Augen fast zufielen, sagte er es, just fading out, wenn die Worte weniger wurden, nur noch gemurmelt, bis die letzten Silben sich in der Dunkelheit verloren. Bis einer von uns beiden einschlief. Just fading out, sagte er dann, was so viel hieß wie, erwarte keine Antwort mehr, ich bin jeden Moment weg. Er liebte diese englischen Versatzstücke beim Sprechen.

4

Es war warm, ungewöhnlich warm für einen Tag im April. Ich spürte die Frühlingssonne hinter den dicken Stores im Schlafzimmer, geradezu aufdringlich. Als wollte sie unbedingt hereinbrechen. Sie schimmerte durch die dünnen Stellen im Stoff, zeichnete Lichtlinien an den Rändern, unter dem Saum, erhellte spärlich den sonst tiefdunklen Raum.

Auch mein zweiter Versuch zu schlafen war fehlgeschlagen. Wie schon in der letzten Nacht hatte ich keine Position gefunden mit meinem dicken Bauch, der Rücken schmerzte, egal wie ich mich drehte. Ich müsste die Vorhänge austauschen, dachte ich, sie müssten heller sein, luftiger, wenn das Baby erst da war. Ich schaute auf die Lichtreflexe auf dem Parkett. Gleich würde meine Mutter anrufen. Sie lauerte nur darauf, in die Stadt zu kommen, um ihre neuesten Errungenschaften für das Baby loszuwerden.

Ich erinnerte mich genau an den Tag, als ich ihr die Schwangerschaft eröffnete, das war Anfang September. Ich war lange nicht mehr hinausgefahren nach Waltershofen. Marlies machte sich gerade vor der Haustür zu schaffen, schon von Weitem sah ich sie werkeln, sie bückte sich über einen der mediterranen Terracottakübel und zupfte die welken Blätter. Ich sah ihren Hintern und ihren Rücken und ihre Beine in den grünen Gummistiefeln, und ich war versucht, wieder umzukehren. Aber da hatte sie mich schon gesehen. Carla, rief sie aus, sie klang überrascht, dabei musste sie den Wagen gehört haben, dachte ich. Sie hatte ein Tuch um den Kopf gebunden, was ihre Accessoires anbelangte, liebte sie es klassisch. Carla, sagte sie. Ich sagte ihr, dass ich schwanger sei, und noch bevor ich mich erklären konnte, wie ich mich fühlte zum Beispiel, wie ich mich zu ordnen gedachte, mich und mein neues Leben, da fing sie schon an, ihre Kleidchen zu entwerfen, all die Blumen und Früchte, die sie zieren sollten. Sie zählte die Stoffe auf, die sie noch hatte, im Fundus, wie sie sagte, und auch von dem Blumenkleid sprach sie, das sie damals genäht hatte, für die kleine Carla. Für mich. Sie habe viel zu viel weggegeben, aber das habe sie behalten, es würde noch dauern, bis es passte. Das Blumenkleid vom Bahnsteig in Herrenberg, sie denke nicht gerne an diesen Besuch, aber die Erna habe ihr Fett ja noch abbekommen, sagte sie. Sie drückte mich, immer fester, ich wand mich aus ihren Armen. Es sei doch ein

Mädchen, fragte sie, hoffentlich. Sie habe sich immer ein Mädchen gewünscht, der hübschen Sachen wegen, aber nicht nur. Ein kleines Mädchen, wie sie selbst einmal eines war, und wie ich, Carla, es gewesen war. Sie riss sich das Tuch vom Kopf, komm, sagte sie, komm rein, aber ich wollte nicht hereinkommen. Ich sah meine Mutter und nur meine Mutter, wie sie schwelgte in ihren Entwürfen, da waren die Kleidchen und ihr Leben, ihr neues, ihr Leben als Großmutter eines Mädchens. Eine glückliche Großmutter, aber die mich, ihre Tochter nicht sah. Nach dem Vater des Kindes fragte sie nicht.

Auch nach meinem eigenen Vater hatte sie nie gefragt. Wie es ihm gehe, wie er mit seiner Dissertation vorankomme, zum Beispiel. Das hatte sie nie interessiert. Zumindest hatte Hajo das später behauptet, und es stand auch in einem der Briefe, die mein Vater mir hinterließ, in dem alten Koffer auf dem Dachboden. Er hatte ihn niemals abgeschickt.

Mutter fragte nie nach Dingen, die sie nicht unmittelbar betrafen. Sie war zufrieden, wenn mein Vater sich mit ihr abgab, wenn er sich ihr gegenüber benahm wie immer, wenn er ihr abends auf dem Sofa die Füße massierte, zum Beispiel, oder unbemerkt an sie herantrat und ihr die Augen zuhielt, sie dann zärtlich auf den Hinterkopf küsste. Ich sah sie oft vor mir, wie sie an ihrer Nähmaschine saß, mein Vater kam leise von hinten, er zwinkerte mir verschwörerisch zu, bis sie sich umdrehte, offensichtlich überrascht, und der Stoff unter ihren Fingern verrutschte. Das Rattern der Nadel, wie sie in den Stoff einstach, immer langsamer ratterte, bis das Geräusch sich allmählich verlor.

Als Kind mochte ich diese Gesten meines Vaters, und ich stellte mir vor, wie ich später einmal einen eigenen Mann hätte, der so aussähe wie mein Vater, ein bisschen wenigstens, mit ganz dichtem und dunklem Haar und kleinen Falten um die Augen, die sich besonders deutlich zeigten, wenn er lachte. Und ich stellte mir vor, wie dieser imaginäre Ehemann genauso von hinten an mich heranträte, nach der Arbeit, ich hätte schon den Tisch gedeckt, und im Ofen briete ein halbes Hähnchen. Im ganzen Haus würde es danach riechen.

Später konnte ich mir einen Ehemann nicht mehr vorstellen. Da träumte ich von einem anderen Leben, von einem Leben auf dem Campus, zum Beispiel, mit leidenschaftlichen Debatten und hitzigen Auseinandersetzungen. Da waren kluge Frauen mit herben Gesichtszügen, zügellos in ihren Begierden. Liebenswert verstiegene Denker, die mit ihren Büchern ins Bett gingen oder sich auf einer der Holzbänke im Collegegarten niederließen, bereit, abzutauchen in die Unergründlichkeiten des Geistes. Ich sah mich selbst auf einer der Bänke sitzen, im Magdalen College in Oxford, wie hingeworfen auf dem Rasen, schon Oscar Wilde hätte darauf gesessen. Oder in altehrwürdigen Bibliotheken, die nach Papier rochen und Pergament und ganze Jahrhunderte in sich aufnahmen. Ich wäre in wunderbarer Gesellschaft, mitten im Leben, im schon gelebten und im kommenden, in einer besseren Gesellschaft, vielleicht, die wir mitgestalten würden. Ich wäre mitten drin und ganz bei mir.

Irgendwann hatten die Kinderträume sich verflüchtigt und die neuen Kontur gewonnen. Mein Vater, dachte ich, hätte mich verstanden. Mein Vater.

In meiner Erinnerung lachte mein Vater viel. Am liebsten mochte ich es, wenn er meine Mutter vom Herd wegzog, in einer seiner plötzlichen Launen, und mit ihr in ausladenden Tanzschritten über den Küchenboden fegte. Oder wenn er seine Zeichnungen auf Bierdeckel und Servietten kritzelte, die dicke Wirtin hinterm Tresen, froschäugige Skatbrüder und schnöselige Kellner mit spitzen Nasen. Und immer wieder seine legendären Katzen von hinten, aufrecht sitzende Katzendamen, die mit gerecktem Schwanz ihr Geschäft verrichteten. Ohren, Rumpf, Schwanz und zu beiden Seiten drei Schnurrbarthaare. Wo auch immer wir unterwegs waren, zeichnete er Karikaturen seiner Umgebung, die er beiläufig herumreichte oder mir in die Kapuze steckte. Irgendwann hatte er damit begonnen, mir an allen möglichen Orten Zeichnungen zu hinterlegen. Scharen von Katzen, im Zahnputzbecher, im Schuh, im Kaninchenstall.

Hunderte von Zettelchen, die ich in einer bemalten Schachtel unter meinem Bett aufbewahrte.

Je älter ich wurde, desto ernster wurde mein Vater. Dass er über seiner Dissertation gesessen war, hatte sich mir viel später erst erschlossen, nur dieses Wort geisterte damals durch meinen Kinderkopf, als etwas mir Unverständliches, aber sehr Bedeutsames, Ausdruck seiner zunehmenden Abwesenheit. Irgendwann war dieses Wort gefallen und ich hatte es aufgeschnappt, es schrillte heraus zwischen zwei Vorwürfen, du und deine Dissertation, hatte die Mutter geschrien, es klang nicht sehr freundlich, also traute ich mich nicht, nachzuhaken. Das Wort fiel immer häufiger. Eines Abends, als mein Vater zu mir ans Bett kam, wagte ich ihn danach zu fragen. Was das denn sei, eine *Dissertion*. Mein Vater lächelte. *Dissertation*, Carla, er stupste mich am Kinn. Dann wiederholte er es noch einmal, langsam und deutlich. Das sei eine große Arbeit, die man schreiben müsse, damit man ein richtiger Doktor sei, sagte er. So etwas wie ein großer Aufsatz.

Und darum liest du immer in dem dicken Buch?

Ja, genau.

Plötzlich schien er mir ganz weit weg.

Mit Hajo dann war es genau anders herum, da war meine Mutter diejenige, die anfangs viel lachte und mit den Jahren immer stiller wurde, so still manchmal, dass Hajo sich über sie lustig machte, über ihre zunehmende Konturlosigkeit. Wie ein verwackeltes Polaroid, sagte er.

Deine Mutter ist wie herausgefallen aus der Zeit, sagte er ein andermal, wie ein Übergangsmantel, was für ein Wort, er lachte über seinen eigenen Witz. Wer brauche heute noch einen Übergangsmantel, in Anbetracht der sich wandelnden Klimaverhältnisse mit den plötzlichen Wetterumschwüngen, von warm zu ganz kalt. Wie ein Relikt aus einer alten Zeit, sagte er, irgendwo zwischen gestern und heute. Das ist deine Mutter. Immer modisch, immer eine Spur zu spät. Aber gerade darum liebe ich sie, sagte er, und ich glaubte, er meinte es ernst. Sieh sie dir an, sagte er, in ihrem in die Jahre gekommenen Kostüm, Frühstück bei Tiffany. Nur das Bild nicht mehr scharf.

Er hatte sie tatsächlich geliebt. Aber irgendwann hatte die Zeit sie entzaubert.

Und ich sah sie wieder vor mir, wie sie vor den Beeten stand, am Tag meiner Eröffnung, das Gesicht vom Unkrautzupfen gerötet. Ein Mädchen? Hoffentlich ein Mädchen. Wie sie nur ihre Kleider im Kopf hatte, wie sie aufblühte bei der Vorstellung ihrer Stoffmuster, Blumen und Beeren. Wie sie sich im Dekorativen verlor und das Substanzielle ausblendete. Als ich zu meinem Auto zurückgegangen war, an jenem Nachmittag, war mein Blick auf Hajo gefallen, er stand neben dem Geräteschuppen. Ich fragte mich, wie lange er schon dort stand und ob er uns beobachtet hatte. Er hob den Kopf, einen Moment lang dachte ich, er würde mir zunicken, auf mich zugehen. Ich schob meine Sonnenbrille ins Gesicht und stieg ein. Als ich anfuhr und in den Rückspiegel sah, dachte ich tatsächlich, er würde mir nachblinzeln. Er wirkte verloren in seiner Cordjacke, dieser kräftige Mann. Er hob eine Hand zum Gruß, die er sofort wieder fallen ließ. Das war Ende September.

Aber wer ist denn der Vater, hatte meine Mutter mir noch hinterhergerufen, dann doch, vorbei an Hajo, der neben dem Schuppen stand, wie angewurzelt, es war ihr gerade noch eingefallen. Sie war auf meinen Wagen zu gerannt, ich verlangsamte, kurbelte die Scheibe herunter, ich zögerte, das erzählst du mir beim nächsten Mal, rief meine Mutter. Ich nickte. Dann trat ich erneut aufs Gaspedal.

Ich hatte sie einfach stehen lassen. Und weiter hinten stand Hajo, immer kleiner werdend, die Hände in den Hosentaschen.

5

Hajo hatte meine Mutter für vieles zu begeistern versucht, nicht nur für den Alkohol und die Jagd. An der Jagd zeigte meine Mutter allerdings wenig Interesse, also versuchte Hajo, mich dafür zu gewinnen. Immerhin war die Jagd auch eine gute Gelegenheit, meine natürliche Abwehr gegenüber meinem Stiefvater aufzubrechen. Das hatte Hajo schnell erkannt. Und zwischenzeitlich gab es tatsächlich Momente, da ich die Ausflüge mit meinem Stiefvater schätzte, der Aufmerksamkeit wegen, die ich dann genoss, aber vor allem des Waldes und der Tiere wegen. Ich liebte die Dämmerung und die Grauzonen der Natur, die Stille und die hineingezischelten Wortfetzen, Psst, Pscht, Lautmalereien wie das Knacken eines Zweiges, Worte wie ein Windhauch. Den Nebel liebte ich, die Gerüche. Selbst die langsam kriechende Kälte, vor allem aber die Wärme danach, die Entspannung der Glieder vor dem Kamin. Die toten Tiere aber, die ertrug ich nicht.

Wenn ich meinen Stiefvater auf die Jagd begleitete, blendete ich den Gedanken daran aus. Frühmorgens kam er in mein Zimmer, um mich zu wecken, ich erinnerte mich an das Warmlaufen des Motors in der Nachtstille, an die Kälte. Hajo stellte den Wagen am Feldweg ab. Dann schlichen wir los über die taufeuchten Wiesen. Er trug seine Büchse geschultert, ich stolperte mit kleinen Schritten neben ihm her. Kurz vor dem Waldrand nahm er meine Hand. Nur wir zwei, flüsterte er, wir zwei beide. Nur wir zwei, gab ich zurück. Dann kletterten wir auf den Hochstand, ich voran, er selbst hinterdrein, für den Fall, dass ich fiele, sagte er. Oben wickelte er mich in eine schwere braune Decke, die in der Halsgegend kratzte. Dann warteten wir. Nur die Schatten der Bäume, die Dämpfe, unser eigener Atem. Manchmal begleitete uns Hektor, sein leberfarbener Deutsch Kurzhaar. Er verharrte angeleint an den Pflöcken des Ansitzes. Auch wenn er sich nicht bewegte, meinte ich, seine Anspannung zu spüren, seine verhaltene Bereitschaft.

Bis dahin hatte ich nur die Bäume bluten sehen. Wenn mein eigener Vater mich in den Wald mitgenommen hatte, schau, sagte er, wie sie bluten, das Harz an den Fingern, in der Nase, fühl mal, wenn er mich am Stamm hochhob, mich am Po nach oben drückte, zum Beispiel. Bis ich das Klebrige fühlte. Mein Vater hatte nie ein Gewehr dabei. Fast wollte ich sagen, er hatte nie eines in der Hand. Aber das hätte nicht gestimmt.

Mit Hajo erst begann ich, das Blut zu begreifen. Und so sehr ich die toten Tiere auch ausblendete und mir ihren Anblick zu ersparen versuchte, so kamen die Bilder doch stets zurück. Wenn ich mir die Ohren zuhielt vor dem Schuss, wenn ich auf dem Beifahrersitz auf ihn wartete, fröstelnd, in die braune Decke geschlagen, während er das zur Strecke gebrachte Tier versorgte. Ich stellte mir vor, wie er einen Zweig in die Wunde stach, das noch warme Blut, der noch zuckende Körper, wie er kurz daran roch, und ihn dem Tier in den Mund steckte. Vielleicht bekreuzigte er sich, vielleicht murmelte er einen Spruch, vielleicht auch trug er das Tier auf seinen starken Armen durchs Revier, eine letzte Runde, den noch warmen Leib, während mir im Auto die Kälte durch die Glieder kroch und ich die Augen schloss. Bis der Deckel des Kofferraumes aufsprang und Hajo das Wild hineinlegte. Was danach passierte, wollte ich nicht mehr wissen.

Aber solche Geschichten erzählte man sich auf den Festen, die Hajo gab. Und ich fragte mich, wem diese Erzählungen galten, ob mir oder meiner Mutter oder den anderen Frauen und Männern, die am Tisch saßen. Oder ob sie nur erzählt wurden, damit man sie erzählte, um der eigenen Bestätigung willen. Es ging um Zahlen und Aufbruch, um Hochwild und Niederwild, um die Güte der Trophäen. Darüber sprach man bei jenen Abendessen, anlässlich derer man mir den Rotwein einflößte, eben weil ich mit am Tisch saß, vielleicht, oder weil man mich noch lieber im Bett gehabt hätte, um meine Müdigkeit zu beschleunigen. Damit man noch ungestört weiterreden konnte, über den perfekten Blattschuss, über die Gesten der Ehrerbietung, der letzten, über die Ehre des Waidmanns und das Heil, das man über den Wald brachte, das natürliche Gleichgewicht, geschuldet dem geschundenen Bock.

Sie hätten sich die Mühe mit dem Wein nicht machen müssen, ich wäre freiwillig gegangen. Nach oben auf mein Zimmer, das im ersten Stock lag, fernab von ihren dröhnenden Stimmen, zu meinen stillen Büchern, früher oder später zog es mich von alleine dorthin zurück, zu meinen eigenen Helden, die so ganz anders waren als die ihrigen.

Es sei dem Adel vorbehalten, sich mit Stil zu betrinken, behauptete Hajo mit Inbrunst. Die Proleten erkenne man daran, dass sie nur auf den Putz hauten. Auch wenn Hajo mit meiner Mutter allein sein wollte, verfehlte der Wein nicht die Wirkung. Ich ließ sie gern unter sich.

6

Hajos Definition zufolge musste mein Großvater ein Prolet gewesen sein, dachte ich mir später, einer der gerne trank und viel, wenn auch nicht ganz so viel wie meine Großmutter. Und ich dachte dabei an meinen ersten Besuch in Herrenberg, ein paar Wochen nach der Beerdigung meines Vaters. Und dann dachte ich an den zweiten und letzten Besuch dort, zehn Jahre später, als mein Großvater zu stammeln begann bei dem Versuch, sich zu vergeben. Eine Entschuldigung wollte ich dieses Ringen nach Worten nicht nennen, aber immerhin ahnte ich, dass es das Äußerste war, was er zu äußern in der Lage war. Das war, nachdem Großmutter Erna ihr Fett abbekommen hatte, wie meine Mutter so schön sagte. Und als mein Großvater Gustaf im August 1990 starb, bescherte er mir, neben der Wohnung in Herrenberg und etwas Erspartem, nach der Wende auch noch völlig überraschend seinen ehemaligen Hof in Brandenburg. Jenen Hof, der mein Verhältnis zu meinem Stiefvater Hajo endgültig auf die Probe stellen sollte.

Mein Großvater musste ein rühriger Mann gewesen sein, äußerst umtriebig und geschäftstüchtig. Seinen redlichen oder unredlichen Bemühungen verdankte mein Vater auch die bei höchsten Stellen erschlichene Einladung zu jenem Adelsball im Hotel Colombi, auf dem mein Vater und Hajo sich kennen lernten. Denn Hajo und Wiebke vom Rechen waren das Tischgegenüber meiner frisch und ohne den Segen der Familie vermählten Eltern.

Sie sehen nicht so aus, als seien Sie freiwillig hier, hatte Hajo das Gespräch eröffnet. Darf ich vorstellen, Wiebke von Rechen, meine Frau, und meine hochwohlgeborene Wenigkeit Hajo Maximilian Friedrich von Rechen. Noblesse oblige. Soll ich Ihnen die Unannehmlichkeit abnehmen, mit Ihrer Frau den Tanz zu eröffnen? Das ist durchaus mit der Etikette zu vereinbaren und erspart Ihnen die gefühlten hundert Augenpaare, die Sie auf sich gerichtet sehen. Hajo hatte sofort erkannt, dass mein Vater ein Fremder war, ein Neuling auf dem hochwohlgebohnerten Parkett.

Ich konnte mir das Gespräch nur vorstellen, so ähnlich musste es sich zugetragen haben, eine klassische Eröffnung, wie Hajo später sagte und mein Vater bestätigte. Er war tatsächlich erleichtert gewesen, seinen eigenen Worten zufolge, als Hajo nach dem Essen aufstand, sich vor meiner Mutter verneigte, die erschrocken dreinblickte und errötete, ihre Hand nahm und sie auf die Tanzfläche führte. Sie tanzten einen Walzer und einen Foxtrott. Als meine Mutter zurückkam, waren ihre Wangen noch mehr gerötet, sie nippte glückselig an ihrem Weinglas und schlug die Augen bereits weniger nieder als zu Beginn des Balles. Die Konversation nahm schnell ihren Gang. Nur der Adel verstehe es, sich stilvoll zu betrinken, auch dieser Satz musste fallen. Ich sollte ihn noch oft von Hajo hören. Er goss meinem Vater Wein nach, auch den Frauen. Dabei zähle die Haltung, sagte er, und keinesfalls der Name, er orderte eine weitere Flasche mit einem Kopfnicken. Gegen Mitternacht war das Eis endgültig gebrochen, nicht nur zwischen Hajo und Claus, auch zwischen den beiden Frauen. Meine Mutter schien ihre anfängliche Scheu auf der Tanzfläche gelassen zu haben, sie lachte viel, und als die meisten Gäste den Saal verlassen hatten und die Combo gegen Ende für die Jüngeren aufspielte, erwies sich auch mein Vater als Meister im Skiffle und im Twisten. Dazu Rock'n Roll von Bill Haley and the Comets. Bei Hazy Osterwalds Kriminaltango schmetterte Hajo den ganzen Text auswendig, und als die Musiker ihre letzte Nummer gaben, wir werden niemals auseinandergehn, stimmten alle ein in den Refrain. Später gestand mein Vater seine Leidenschaft für französische Chansons. Und als sie sich in den frühen Morgenstunden voneinander verabschiedeten, war kein Stern am Himmel, Hajo blickte zweifelnd nach oben, dann zu meinem Vater, dann zu meiner Mutter, und zuletzt wieder zu seinem neu gewonnenen Freund. Sehen Sie zu, sagte er, dass Sie sie nicht im Dunkel verlieren, er deutete auf meine Mutter. Und glauben Sie mir, sagte er, als das Taxi kam, ich weiß, wovon ich spreche.

Immer wenn meine Mutter mir die Geschichte dieser Begegnung erzählte, und sie erzählte sie oft, bekam sie jene roten Flecke ins Gesicht, die sich zeigten, wenn sie erhitzt war. Und die sie so sehr an sich hasste. Später blieben die Flecke aus, allenfalls ein Flackern in den Augen zeugte noch von einer inneren Bewegung, die sie zunehmend zu verbergen verstand. Oder nicht mehr spürte? Natürlich wusste sie noch, was sie an jenem Abend getragen hatte. Das dunkelgrüne Kleid mit der schlanken A-Linie. Sie hatte es in einer Truhe auf dem Speicher aufbewahrt, es passte ihr längst nicht mehr. Aber ab und an legte sie ein frisches Lavendelsäckchen in die Truhe.

Die Zeit nach dem Ball schien sie in vollen Zügen genossen zu haben. Das sagte sie immer wieder, als müsse sie sich daran festhalten. Wir hatten eine gute Zeit, sagte sie, alle vier. Ihrer ersten Begegnung mit Hajo und Wiebke folgten jene gemeinsamen Ausflüge über Land, meine Eltern in Vaters klapprigem 2CV, die von Rechens etwas luxuriöser in einem geräumigen Volvo, Fahrten in den Schwarzwald und die Vogesen, nach Frankreich und in die Schweiz, auch nach Italien. An Rom erinnerte sich meine Mutter besonders gern, sie schliefen in einem kleinen Hotel am Campo de' Fiori, mit Blick auf den Blumenmarkt. Am Tag vor der Abreise hatte mein Vater seine letzten Pfennige zusammengekratzt, um ihr auf dem Trödel einen alten Kronleuchter zu erstehen, das Geld reichte immer noch nicht. Der Händler schüttelte bedauernd den Kopf und begleitete die gescheiterte Transaktion mit vehementen Worten und Gesten, wurde zunehmend lauter. Bis Hajo von hinten auftauchte und ihm von der Seite ein paar Scheine zusteckte. Mein Vater wollte den Leuchter zurückgeben, aber meine Mutter protestierte. Jetzt hing er noch immer in ihrem Wohnzimmer. Venezianischer Jugendstil, sagte sie. Als Kind, und später als Jugendliche, hatte ich mir immer vorgestellt, wie er einst in einem großen Ballsaal gehangen hatte, strahlend und glitzernd, und darunter tanzten die schönsten und glücklichsten Paare, die ich mir erdachte nach den Helden der Bücher, die ich las.

In das Leben meiner Eltern hatte er nur kurzzeitig Licht gebracht.

Ausflüge, essen gehen, Feste, mein Vater lebte weit über seine Verhältnisse. Er hatte eine Stelle an der Uni angenommen, sichtete Recherchematerial für seinen Professor. Wenn es finanziell eng wurde, half Hajo aus, er tat es auf unaufdringliche Weise. So war zum Beispiel eine Rechnung schon bezahlt, wenn Claus von der Toilette kam, lass es stecken, sagte Hajo dann oder: Ich habs gerade klein. Reflexartig griff er an die Geldklammer in seiner Hemdtasche, wenn es ans Zahlen ging, er drehte sich zur Seite und zählte unauffällig ein paar Scheine ab. Legte den Betrag in das dafür vorgesehene Schälchen, während mein Vater wie absichtlich nicht hinsah, ihn dabei aber aus den Augenwinkeln verfolgte. Schon als Mädchen fragte ich mich, was in meinem Vater in solchen Momenten wohl vorgegangen war.

Wiebke, die, meiner Mutter zufolge, das eigentliche Vermögen mit in die Ehe der von Rechens gebracht hatte, gab sich ebenfalls großzügig, allerdings zeigte sie es auch gerne. Immer wieder hatte ich dieses Foto vor Augen, die große stattliche Frau mit dem lauten Lachen, das ich mir dazu dachte, ich hatte es oft genug gehört, ihre tiefe Stimme. Engelchen, so nannte sie meine Mutter, das kannst du ruhig annehmen. Sie schien sich zu freuen, wenn meine Mutter sich freute, oder wenn sie ihr eine Gefälligkeit erweisen konnte, dem armen Waisenkind, das noch nicht einmal ein Bild ihres Vaters im Herzen trug.

Im Hajos Arbeitszimmer hing gerahmt eine Zeichnung meines Vaters. Sie zeigte Wiebke, alle anderen überragend, mit großem Mund und einem Zigarillo aus zusammengerollten Geldscheinen, von der Statur her glich sie einer stolzen Fuchsstute. Daneben meine Mutter wie eine dünne Grazie aus einem Kostümentwurf von Dior, mit spitzen Gliedern und niedergeschlagenen Lidern. Wiebke hielt ihr das Zigarillo in den Mund, ließ sie an den Geldscheinen ziehen. Zu ihrer Linken saß Hajo rittlings auf seinem Rüden Hektor, der unter der Last seines Herrchens zusammenbrach und alle viere von sich streckte. Er trug ein schraffiertes Jackett mit zu kurzen Ärmeln, offensichtlich aus Cord, aus der Hemdtasche ragte seine Geldklammer mit einem Zehnmarkschein und ein Bleistift mit der Aufschrift »Hasso«. Und ganz vorn im Bild karikierte mein Vater sich selbst, mit überdimensionierten Segelohren und verknoteten Beinen.

Das Bild musste kurz nach ihrer ersten Begegnung im Colombi entstanden sein. Wenigstens konnte Hajo über sich selbst lachen, dachte ich jedes Mal, wenn ich es mir ansah. Und dass er meinen Vater auf seine Art geliebt haben musste. Er hatte das Bild nie abgehängt.

7

Als meine Mutter mit mir schwanger wurde, veränderte sich ihre Beziehung zu Wiebke. Wiebke habe sich selbst immer Kinder gewünscht, sagte meine Mutter. Sie nannte meine Mutter nach wie vor Engelchen, steckte ihr immer wieder etwas zu, das kannst du jetzt gebrauchen, sagte sie, aber die Themen der beiden Frauen hatten sich verändert, und Wiebke verlegte sich wieder mehr auf ihre andere Leidenschaft, das Reiten. Kurz vor meiner Geburt offerierte Hajo meinem Vater das kleine Wirtschaftsgebäude, das neben seinem Gutshof lag. Dort wurde ich hineingeboren und dort sollte ich bleiben, bis meine Mutter die Seiten wechselte, gewissermaßen, und wir im Zuge dessen zu Hajo zogen, ins sogenannte Haupthaus.

Zuerst aber war Wiebke gegangen, ich erinnerte mich mit Unbehagen an ihren letzten Auftritt.

Wiebke hatte zuerst die Pferde holen lassen, die Stimmen der Fahrer und Helfer schallten über den Hof, dazwischen das Wiehern und Hufgetrappel der Tiere. Sie schnaubten und bliesen ihren Atem in die feuchte Novemberluft. Kurz darauf war der Umzugswagen vorgefahren, die Packer trugen Koffer und Kisten die Einfahrt entlang, auch ein paar Möbelstücke wechselten ihren Standort. Wiebke selbst stand in Jeans und Stiefeln und gab ihre wohl überlegten Anweisungen. Am Ende hatte sie nicht einen Koffer angerührt. Aber sie hatte eigenhändig die Stalltür geschlossen. Dann verabschiedete sie sich von meiner Mutter, mach es gut, Engelchen, sagte sie, und denke an mich. Und denke immer: wachsweich. Sie legte meiner Mutter den Finger auf den Mund, die im Begriff war zu widersprechen. Dann drückte sie ihr eine Telefonnummer in die Hand. Schließlich war sie zu meinem Vater gegangen, er hatte sich in seinem Arbeitszimmer verschanzt, und zum ersten Mal in all den Jahren, vernahm ich ihre Stimme leise, fast zärtlich, ich stand an der Tür und versuchte zu lauschen. Sie blieb nicht lange bei ihm. Aber im Hinausgehen hörte ich sie sagen, er solle auf sich Acht geben. Claus, sagte sie. Sie drückte seine Hand.

Zuletzt drückte sie mich, eine Spur zu fest, wie ich fand. Pass auf ihn auf, sagte sie, sie lächelte. Ich konnte ihr Make-up riechen. Dann schritt sie würdevoll über den Hof, wo bereits ein schwarzer Sportwagen stand, dessen groß gewachsener Fahrer in Lederjoppe ihr die Tür aufhielt.

Ich schaute ihr nach, wie sie sich auf den Wagen zu bewegte, die Silhouette ihres Rückens in dem olivgrünen Burberry-Mantel. Es hatte gerade zu nieseln begonnen.

Wiebkes Abgang war groß und glanzvoll gewesen, unser Umzug ins Haupthaus dagegen lautlos und schleichend. Vater war seit ein paar Tagen verschwunden, das war, nachdem ich meine Mutter zum ersten Mal hatte weinen sehen, seinetwegen. An jenem Tag im Frühsommer, als wir bei Dagmar waren und sie ihre Sonnenbrille nicht hatte abnehmen wollen. Später hatte Hajo meine Mutter getröstet, sie lag ausgestreckt auf dem Sofa vor dem Kamin, Hajo daneben in dem großen Sessel. Sie warteten. Und ich saß zu ihren Füßen und spielte mit meiner Puppe. Wann kommt Papa, fragte ich. Ich fragte es einmal, zweimal. Irgendwann schickten sie mich ins Bett. Von meinem Zimmer aus hörte ich sie flüstern.

Als mein Vater nach Tagen noch immer nicht zurück war, holte Hajo uns ins Haupthaus hinüber. Als mein Vater dann tatsächlich wiederkam, sah er verändert aus, magerer, und die Falten um seine Augen waren tiefer. Wie ein Schädel, den man mit zu viel Haut überzogen hatte, dachte ich. Ich erschrak. Ich schämte mich für meinen Gedanken.

Mein Vater fand meine Mutter bei Hajo im Wohnzimmer. Sie lag zusammengekauert, den Kopf auf seinem Schoß, und schlief. Über ihr thronte das Porträt des Großonkels.

Kurze Zeit später reichten meine Eltern die Scheidung ein. Mein Vater blieb alleine in unserem Haus zurück.

Plötzlich konnte ich die Einsamkeit greifen. Jetzt hatten nicht nur die Pferde ihre Ställe verlassen, auch unsere Familie hatte sich aufgelöst. Ich stromerte durch den Garten, fütterte meine Kaninchen, goss meine Beete. Aber irgendwann führte mein Weg mich doch wieder in die leeren Ställe. Früher durfte ich die Pferde striegeln, jetzt waren sie weg. Ich öffnete die Boxen, entfernte ein paar Spinnweben, das klebrige Gefühl zwischen den Fingern ekelte mich an, ich griff noch mal hinein. Ich ließ mich auf einen Strohballen fallen, schloss die Augen und versuchte die Gerüche zurückzuholen. Pferdeäpfel, Heu und Schweiß. Das Licht fiel in Streifen durch die Lamellen der Stalltür.

Der Sommer kam mir endlos vor. Ich spürte die große Leere rund um den Hof, die Sonne brannte auf meiner Haut und in meinem Brustkorb war es eng, in meinen Sandalen kitzelte das zu trockene Gras. Der Kiesweg staubte, ich glaubte, ich würde ersticken auf dem Gelände. Solche Gefühle hatte ich oft. Wenn ich über meine Kindheit nachdachte, sah ich mich alleine auf dem staubtrockenen Kiesweg der Einfahrt, auf dem vertrockneten Rasen, ohne Freunde, ein paar Tiere vielleicht, aber ohne Mutter, ich sah meinen traurigen Vater in verdunkelten Zimmern. Am Schreibtisch über seinem dicken Buch, oder auf dem Sofa, neben sich eine glimmende Zigarette im Aschenbecher, manchmal vergaß er sie über seiner Arbeit, er saß in einer Rauchwolke, und immer eine Flasche Rotwein in Reichweite. Damals ging ich meinen Vater oft besuchen, er tat mir leid, so allein in dem kleinen Haus, in dem wir ihn zurückgelassen hatten. Wenn er mich kommen hörte, drehte er sich sofort um, er reagierte, sobald ich die Klinke herunterdrückte. Dann stand er auf und nahm mich in die

Arme. Er lächelte. Kommst du mich besuchen, Carla, sagte er. Sein Kinn fühlte sich kratzig an.

Manchmal blieb ich nächtelang bei ihm, vor allem dann, wenn Hajo und meine Mutter zusammen ausgingen. Dann streckte Mutter den Kopf in das kleine Haus, ein heller Fleck in der Dunkelheit, eine Wolke ihres Eau de Toilette kam herein, sie war ordentlich zurechtgemacht, manchmal geradezu festlich. Das ist doch in Ordnung, Claus, nicht wahr? Und ich blieb alleine mit meinem Vater zurück, der seine Bücher beiseite räumte, die in seiner winzigen Schrift bekritzelten Aufzeichnungen und Skizzen. Er legte ein Holzscheit im Ofen nach. Wie wär's mit einer Runde Mau-Mau, junge Dame, fragte er dann, und ich sprang los, die Karten zu holen. Manchmal holte er auch das andere dicke Buch aus dem Regal, das schon fast auseinanderfiel, die Märchen aus 1001 Nacht, und dann las er mir vor, vom buckligen Männlein, von Sindbad, dem Seefahrer, grausige Geschichten in meiner Erinnerung, die mich lange nicht losließen, aber von zauberhafter Schönheit, auch das. Er las mir vor, bis ich auf dem Sofa eingeschlafen war, im Kamin war das Feuer niedergebrannt, nur eine schwache Glut war noch übrig. Manchmal, wenn er nicht las, bat ich ihn darum, diese Musik aufzulegen, er wisse schon, die, die wir früher immer gehört hätten, mit Mama, sagte ich. Als die Abende noch mit Mama waren. Und dann seufzte er und legte die Platte auf.

Ne me quitte pas, viel später erst verstand ich den Sinn dieser Zeilen. Irgendwann trug er mich hinauf in das ehemalige Elternschlafzimmer, er legte mich neben sich, an den Platz meiner Mutter, die jetzt mit Hajo das Bett teilte. So gestalteten sich meine Besuche bei meinem Vater, außer mir schien er niemanden mehr zu empfangen.

Hajo hatte meiner Mutter einen Käfer Cabrio gekauft. Er war mintgrün und die Sitze aus cognacfarbenem Leder. Manchmal ging sie zu meinem Vater hinüber und wollte ihn mitnehmen, auf eine Spritztour, wie sie sagte. Er müsse mal raus hier. Aber nur einmal hatte er sich dazu breitschlagen lassen. Ich saß hinten auf dem Rücksitz, das Verdeck war offen, es war Sommer und es roch nach Gülle. Mein Vater hatte fast nichts gesprochen während dieser Ausfahrt, meine Mutter dafür umso mehr, sie hatte angeschrien gegen den Fahrtwind, ist es nicht wunderbar, rief sie, ihre rotblonden Haare flatterten im Wind, sie hatten die Farbe der Ähren auf den Feldern. Mein Vater hatte nur aus dem Fenster gesehen und vor sich hingelächelt, doch, sagte er, das freut mich für dich.

Im Sommer darauf war er nicht mehr da.

8

Es war ein ungewöhnlich heißer April und der bevorstehende Sommer drückte, noch bevor er sich einstellte. Noch ein paar Wochen, dachte ich. Der Geburtstermin war für Anfang Mai ausgerechnet. Für den 3. Mai 1994. Vielleicht früher, vielleicht etwas später. Als das Telefon klingelte, war meine Mutter am Apparat. Ich hatte sie längst erwartet. Sie wolle jetzt doch nicht in die Stadt kommen, sagte sie, Hajo sei schon früher vom Segeln zurück.

Meine Übelkeit hatte etwas nachgelassen. Im Grunde war ich froh, dass meine Mutter abgesagt hatte, mir stand nicht der Sinn nach ihren vordergründigen Ratschlägen. Marlene hier, Marlene dort. Und noch ein paar Höschen und Leibchen und Lätzchen. Bald könnte ich einen Handel damit aufmachen.

Ich könnte zu Jule fahren, dachte ich, ein paar Tage an den Bodensee.

Jule und ich hatten uns auf der Wohnungssuche kennen gelernt. Das war, als ich zum ersten Mal bei Hajo und Marlies ausziehen wollte. Wir bewarben uns für dasselbe WG-Zimmer in Freiburg-Herdern. Da war sie noch nicht lange in Freiburg. Eigentlich hieß sie Juliane, aber sie bestand darauf, dass ich sie Jule nannte.

Jule war semmelblond, wie Michel aus Lönneberga. Spätestens, wenn sie den Mund aufmachte, merkte jeder, dass sie aus dem Norden kam. Als Studentin fand sie nichts dabei, in Lokalen ihre eigenen Getränke auszupacken. Mir war das jedes Mal peinlich. Einmal trafen wir uns zu einer Tanzveranstaltung im Alten Wiehrebahnhof, sie war mit dem Fahrrad gekommen. Es war hochsommerlich schwül an jenem Abend und sie fragte allen Ernstes den Veranstalter, ob sie sich in der Künstlergarderobe kurz abduschen könne, sie habe auch ein Handtuch dabei. Jule war gar nichts peinlich. Und wenn sie sich etwas in den Kopf gesetzt hatte, packte sie es an. Just do it, sagte sie. Sonst zieht das Leben an dir vorbei. Seit einem guten Jahr arbeitete sie auf dem Affenberg in Salem. Der Gedanke erheiterte mich.

Ich hätte mein Studium lesend zuhause verbracht, und das mühelos, hätte nicht Juliane mich vehement in die Welt geworfen, immer wieder. Du lebst alles nur second hand, sagte sie, mit deinen Kareninas und Austins und Bovarys, du bist selbst eine Madame Bovary, du wirst schon noch sehen, wo das hinführt. Oder die Droste, du sitzt wie die Droste-Hülshoff in ihrem Turm und träumst von dem Leben da draußen. Als läge hinter dem Bodensee das Weltenmeer. Manchmal nannte sie mich Droste, manchmal Bovary, ganz nach Laune.

Juliane hatte Recht. Ich war nie wirklich aufgestanden. Schon mein Studium war nichts gewesen als ein mattes Abbild dessen, was es hätte sein können. Im Sommer nach dem Abitur hatte Hajo mir eine Englandreise geschenkt, zwei Wochen, zusammen mit meiner Mutter. Eine Reise wie eine Offenbarung für mich. Ich hatte mich sofort in dieses Land verliebt, das pulsierende Londoner Streetlife, die Menschen, die Pubs, ein Land voller Exzentriker, das die Andersartigkeit über die Norm stellte. Schon die Blumen in den Vorgärten waren anders, so schien es mir, als gäbe es dort nie gesehene Sorten und Farben. Diese blühenden Landschaften hatten selbst meine Mutter überzeugt, die die ganze Reise über nie wirklich hinschauen wollte, weil sie ihre Enttäuschung darüber nicht loswurde, dass Hajo uns alleine fahren ließ.

Sie müssen im Frühjahr kommen. Ich erinnerte mich gut an den alten Mann, der in Oxford vor seinem Häuschen saß, in einem viel zu weiten Hemd mit Hosenträgern, auf seinen Stock gestützt, dieses breite und zahnlose Lächeln. Isn't it a beautiful country, Ladies? You must come in the springtime. We've got the most wonderful flowers. Da saß er, ein kleines, in sich zusammengefallenes Männchen, ohne Fleisch in der Hose, aber mit dem gewinnendsten Lächeln. Auf der Bank vor seinem Haus, das den Namen trug: The Strawberries. Und ihm gegenüber meine Mutter mit ihrem künstlichen Lächeln, das sie aufsetzte, weil sie seine nuschelnden Worte nicht verstand. Sie hätte sich lieber von Hajo dolmetschen lassen als von mir, das spürte ich. Ich, die ich mit dem Eifer derer zu Werke ging, die zum ersten Mal hautnah erlebten, was die Welt an Versprechen bereithielt.

Hier möchte ich studieren, sagte ich, ich atmete ganz tief durch, als müsste ich die Geschichte der Stadt in mir aufnehmen, als würde ich selbst ein Teil von ihr, mit jedem Atemzug ein Stück mehr. Wir spazierten durch die Stadt und besichtigten die Colleges, unsere Schuhe klapperten auf dem Kopfsteinpflaster. Ich stellte mir vor, wie die Dämmerung hereinbrach über den Gassen, die alten Gemäuer ihre unheimlichen Schatten warfen, dazu die schlurfenden Schritte der mittelalterlichen Collegebrüder. Ich stellte mir die Straßen im Nebel vor, im Dunkeln, nur schwach beleuchtet vom Licht der Laternen. Ich war fasziniert von dieser Welt in der Welt, aus sandfarbenem Mauerwerk und engen Gassen. Und hinter den Pforten und Rundbogen diese wunderbaren Gärten, die sich eröffneten, wenn man aus dem Schatten der Mauern trat. Meine Mutter trottete schweigend neben mir her. Da müsstest du viel besser Englisch können, sagte sie. Und was willst du denn da schon studieren.

Irgendwann hatte ich es aufgegeben, meine Freude mit ihr zu teilen, also brannte ich im Stillen. Und ich fragte mich, wie meine Mutter früher gewesen sein mochte. Auf ihren Reisen, von denen sie so oft sprach, die sie unternommen hatte, nie allein, nie allein mit mir, aber mit den ihr angetrauten Männern, meinen Vätern.

Als wir nach Freiburg zurückkamen, schrieb ich mich dort für ein Literaturstudium ein, ungeachtet der von meiner Mutter vorgebrachten Einwände, ein BWL-Studium würde mich weiter bringen und vor allem auf den Boden der Realität. Hajo hatte uns vom Flughafen abgeholt, ich erinnerte mich deutlich an die Stimmung im Auto, wie ich förmlich sprudelte auf der Rückbank, all die Eindrücke, die erzählt werden mussten, als wäre ich gerade erst aufgewacht, das schlafende Dornröschen. Das hatte Hajo gesagt, unser Dornröschen ist aufgewacht, sein Blick im Rückspiegel, fast liebevoll, wie er mir zuzwinkerte, während Mutter seine Regungen schweigsam beobachtete. Ich wusste, dass es dir gefallen würde, sagte er. Und du, Marlies, wie war's für dich? Die haben so schöne Gärten, sagte sie, und so schöne Läden. Das war alles. Mehr sagte sie nicht. Irgendetwas schwelte zwischen uns, ich hätte es nicht benennen können. Als der Streit dann ausbrach, waren wir kurz vor Freiburg.

Meine Mutter war auf mein Studium zu sprechen gekommen, dass diese Reise mir nur Flausen in den Kopf gesetzt hätte. Was ich denn wolle mit einem Literaturstudium. Etwa beweisen, dass ich lesen könne? Und auch noch auf Englisch. Sie spöttelte. Bis Hajo ihr das Wort abschnitt und sich unmissverständlich auf meine Seite schlug.

Aber DU hast doch immer gesagt, dass sie etwas Vernünftiges machen solle, etwas Erdendes, meine Mutter wurde immer vehementer. Nichts als ein Klon von mir, hast du gesagt, Carla würde noch zu einer Romanfigur erstarren. Hajo aber lachte nur, immer mehr schien er sich zu amüsieren, je lauter meine Mutter wurde und je verzweifelter sie versuchte, ihn mit seinen eigenen Argumenten zu überführen.

Hast du darüber hinaus auch eigene Ansichten?, fragte er sie. Er begann, zynisch zu werden. Gegen Geist hatte ich noch nie etwas einzuwenden. Und bestimmt nichts gegen die geistige Auseinandersetzung mit Geschriebenem. BWL studieren, das kann jeder Depp. Und Geld verdienen jeder unbelesene Trottel, mit etwas Glück und dem nötigen Quäntchen Korruptheit. Carla hat das Zeug zu Höherem. An der Uni kommt sie genug unter Menschen, da wird ihr die Weltflucht von allein ausgetrieben. Bloß weil du selbst schon auf der untersten Sprosse des Möglichen abgestiegen bist, kannst du es Carla nicht verwehren, höher zu steigen. Heiraten, sagte er, kann sie immer noch. Seine Augen glühten im Rückspiegel, noch ein falscher Satz, dachte ich, bitte nicht, nicht mehr, solange ich hier im Auto sitze. Aber meine Mutter verstummte, ganz plötzlich, eine quälende Stille trat ein. Sie saß schweigend und steif und rieb sich die Hände im Schoß. Dabei weinte sie leise vor sich hin.

Und ich, was hatte ich gemacht aus dem mir Verheißenen? Ein Studium in Freiburg, nur dort, nirgends sonst, die ewig gleichen Gesichter und Redner, die Bücher, die ich immer schon gelesen hatte, nur dass die Gespräche darüber jetzt öffentlich geführt wurden, ein Campus-Leben, so banal wie reizlos, ein paar Gleichgesinnte, weit entfernt davon, die Welt zu verbessern oder wenigstens hedonistisch zu ertragen, nicht einmal das. Nicht einmal ein Semester im Ausland. Nicht im Entferntesten reichte mein Studentenleben an das heran, was ich mir ausgemalt hatte. Und schuld daran waren nicht die anderen, sondern ich selbst. Die einzigen Irrlichter auf diesem planierten Weg waren Frieder und Jule, vielleicht, sowie eine gewisse Anerkennung im Provinzjournalismus, kleinere Rezensionen, Reiseberichte aus der Region und – als Highlight gewissermaßen – die in Aussicht gestellte Beförderung, meine Recherchen längerfristig auch ins europäische Ausland verlegen zu dürfen. Diese Aussicht jedoch schien mir durch Marlene verstellt.

Ein Aufenthalt bei Jule würde mir gut tun, dachte ich. Ich packte ein paar Sachen zusammen, setzte mich ins Auto und fuhr nach Meersburg.

9

Du rauchst?

Jule empfing mich mit einer Zigarette im Mundwinkel.

Schlimm?, fragte sie.

Das hättest du nicht gedacht, was? Ich auch nicht, sagte sie, im Leben nicht. Das liegt an dem neuen Tierpfleger, er heißt Udo. Angefangen hat alles mit seinen Rauchpausen … Sie lachte.

Wenn man lange genug auf dem Affenberg haust, wird man selbst zu einem Äffchen. Ich habe es ihm irgendwann nachgemacht. Die Intimität gemeinsamer Laster, sagte sie, du verstehst. Das verbindet.

Sie drückte ihre Zigarette aus. Aber normalerweise rauche ich nur auf dem Balkon. Und nicht vor Schwangeren. Sie tätschelte meinen Bauch.

Jule wohnte in Hanglage, nicht weit vom Meersburger Schloss. Vom Balkon aus konnte man den Bodensee sehen. Ich trat hinaus, irgendwo da hinten lag Konstanz, lag das Segelboot meines Stiefvaters. Er hatte mich manchmal dorthin mitgenommen. Auch mit meinem Vater waren wir schon segeln gewesen, das war, bevor meine Mutter Hajo geheiratet hatte. Meine Mutter saß dann kerzengerade in einem ihrer Etuikleider, die Beine zur Seite angewinkelt, darauf bedacht, nicht zu viel Knie zu zeigen. Sie saß unter einem tellerartigen Strohhut mit einer grünen Schleife, Hajo segelte im Unterhemd und mein Vater ging ihm zur Hand. Die Rücken der Männer waren braun gebrannt. Ich selbst lugte unter einem Strohhütchen hervor. Wenn ich mich zu weit über die Reling lehnte, um mit meinen weißen Ärmchen dem Wasser näherzukommen, schrie meine Mutter auf.

Das erste Mal auf der Jolle hatten wir uns fürchterlich verbrannt, Tage später konnten wir uns buchstäblich die Hautfetzen von den Armen ziehen. Ich erinnerte mich daran, wie mein Vater mich mit Zitronenöl einrieb und puderte, ganz behutsam, erst mich, dann meine Mutter. Später war es Hajo, der uns versorgte, wenn wir trotz diverser Schutzmaßnahmen zu viel Sonne abbekamen. Er tat es ebenso umsichtig, aber er spöttelte, da hab ich mir zwei Geschöpfe an Land gezogen, sagte er. Ich fand Hajo ungerecht. Ich war durchaus ein Naturkind. Und wieder ein paar Sommersprossen mehr, sagte er und lächelte.

Später schimpfte er darüber, wie unangemessen meine Mutter gekleidet war, wenn sie aufs Boot stieg, er verpasste ihr Caprihosen und Segeltuchschuhe. Irgendwann hörte sie auf, ihn zu begleiten und seine Segelleidenschaft wurde wieder das, was sie ursprünglich für ihn gewesen war: eine Männersache.

Von Konstanz her näherte sich eine Fähre, sie wurde langsam größer; ein Dampfer legte ab Richtung Friedrichshafen. Das Schiffshorn dröhnte wie ein Lockruf der Freiheit.

Jule stand in der Balkontür: Und, hast du dieses Arschloch immer noch nicht konfrontiert? Zahlt er wenigstens?

Ich drehte mich um.

Er soll dir wenigstens Geld geben.

Juliane …
Du sollst mich Jule nennen.

Als Jule sechs Jahre alt war, hatte ihr Vater ihre Mutter verlassen. Sie verbrachten ihren letzten Familienurlaub auf Amrum. Sie war alleine mit ihrem Vater am Strand, sie sandelte, er saß in einem verwitterten Strandkorb mit der Nummer 648. Sie sollte bald in die Schule kommen, darum hatte sie die Zahlen entziffert und sich gemerkt. Der Vater las in einer Zeitung, die ihm der Wind um die Ohren schlug. Jule hörte das Knistern, während sie ihre Sandkuchen backte und ihre nackten Füße in den Untergrund grub. Irgendwann war sie ans Wasser gelaufen, ihr Eimerchen neu zu füllen. Als sie zurückkam, fiel ihr auf, dass das Knistern ausblieb, und als sie zum Strandkorb aufsah, war der Vater weg. Sie erstarrte, dann begann sie zu weinen, sie hörte nicht auf zu schreien, irgendwann sah sie ihren Vater stehen, oben am Strandcafé, er stand mit einer fremden Frau. Am Tag darauf waren sie abgereist.

Jule hatte seit jeher eine Abneigung gegen Familie. Was aus ihren Kindertagen geblieben war, war ein tiefes Misstrauen gegen jede Form von Bindung und ihre Liebe zum Wasser. Am aussichtsreichsten war noch ihre Beziehung zu einem Piloten gewesen. Vielleicht, weil er mehr in der Luft war als auf dem Boden. Wenn er frei hatte, landete er bei ihr. Er flog vom Flughafen Basel aus. Als er sich zum Bodenpersonal versetzen lassen wollte und Jule nach Basel, beendete sie die Beziehung.

Ein Tierpfleger, sagte ich, das klingt ja bodenständig.

Jule lachte und reckte sich: Und Arme wie ein Gorilla.

Aber er frisst mir aus der Hand.

Mir hat noch nie ein Mann aus der Hand gefressen, dachte ich. Mein Vater vielleicht. Vielleicht Hajo, wenn er euphorisch war. Ich hatte es niemals ausgereizt.

10

Alles hatte angefangen mit den Versuchen Hajos, mich für die Jagd zu begeistern. Wir würden nur auf der Lauer liegen, sagte Hajo, es wäre Nacht und ganz still und all die anderen Leute schliefen, all die kleinen Mädchen in ihren Betten, die noch an den Sandmann glaubten. Wir würden sehen, was wirklich los war dort draußen, ich stellte mir die Augen der Eulen vor, gelb und bedrohlich, aber weise wie die alten Frauen in meinen Märchen. Als hätten sie die Jahrhunderte in ihren Federn gesammelt.

Die Dunkelheit hatte schon immer einen besonderen Reiz auf mich ausgeübt. Einmal war ich aufgeschreckt in der Nacht, weil ich fürchterliche Schreie gehört hatte, gellend, klagend, lang gezogen. Ich dachte, es würde jemand abgestochen da draußen, ich lag völlig starr, ich hatte solche Angst, dass ich nicht wagte zu atmen. Das waren nur die Katzen, sagte mein Vater am nächsten Morgen, er fand mich reglos im Bett, damals war es mein Vater, der mich fand, doch, gewiss. Manchmal war mir, als würden meine Erinnerungen springen zwischen den Männern, den Vätern, den Männern meiner Mutter.

Er würde mich beschützen, sagte Hajo, wenn er mich zum Jagen einlud, nur wir beide, sagte er, er würde mich wecken, ganz leise, ich solle nicht erschrecken, wenn die Treppe knarrte, wenn er zu mir käme. Wir würden meine Mutter nicht wach machen. Und dann würden wir hinausfahren an den Waldrand, nur wir beide, wir würden den Hektor mitnehmen und ein Gewehr, für alle Fälle, aber er würde nicht schießen. Und wir würden riechen, was keiner roch, den Nachtschweiß des Waldes, so sagte er, den Angstschweiß der Tiere auf der Lauer, den Geruch von Nadeln und Moos. Und Hektor würde die Ohren aufstellen. Ich sei doch auch ein Naturkind. Wir würden in den Mond schauen und in die Baumkronen, in die höchsten Wipfel. Wir würden im Gleichtakt atmen, er würde meinen Atem hören und ich seinen. Und ich dürfte mich an ihn kuscheln, gegen die Angst.

Er sei früher selbst mit seinem Vater zur Jagd gegangen, sagte er, das habe sich so gehört.

Die ersten Male hatte Hajo sich daran gehalten, er hatte tatsächlich nicht geschossen. Aber er ließ mich die Büchse anlegen, vier Kilo, sagte er, ich konnte sie fast nicht anheben. Sie fühlte sich schwer an und wichtig, zunächst müsse man sie entsichern, sagte er, ganz ohne Knacksen, sonst seien alle Tiere verschreckt.

Ob er denn tatsächlich damit schieße, flüsterte ich, ich riss die Augen auf, aber das dürfe er doch nicht. Seine Pupillen glänzten in der Dunkelheit.

Nur die Kranken und Leidenden. Die Tollwütigen, sagte er. Er würde sie erlösen.

Aber du isst doch auch gerne Hühnchen, sagte er ein andermal. Das sei nichts anderes. Am liebsten hätte ich nie wieder Hühnchen gegessen.

Erst entsichern, dann einstechen, sagte er, das heißt den Hebel etwas nach oben drücken, dann ist der Widerstand ganz gering, dann repetieren, das Nachladen der zweiten Patrone im Lauf. Durch den gezogenen Lauf kriege die Kugel einen Drall, man könne zweihundert Meter weit schießen. Immer auf Kimme und Korn.

Ich hätte die Waffe lieber im Auto gelassen. Sie war aus braunem Holz, etwas abgegriffen, aber sie sah schön aus, edel. Eine Walther, sagte Hajo. Er schien stolz darauf zu sein. Von meinem Vater, sagte er. Ich hätte die Waffe lieber nur angeguckt, an die Wand gehängt, zu den großformatigen Landschaftsbildern und Porträts.

Später hatte Hajo doch geschossen, die Kranken und Schwachen, wie er sagte, die ohne Überlebenschance. Pscht, sagte er dann, ganz leise, er fasste mir ans Knie, an den Oberschenkel, ich hielt mir die Ohren zu. Die Augen meines Stiefvaters funkelten, ich drehte mich unwillkürlich weg. Er wartete ein Weilchen, ich konnte seine Anspannung spüren. Pscht, flüsterte er noch einmal, er nahm die Hand von meinem Oberschenkel, dann legte er an. Die Anspannung wurde unerträglich.

Der erste Schuss, den ich erlebte, war ohrenbetäubend, ich hatte das Gefühl, es würde mich zerfetzen. Danach wollte ich Hajo lange nicht mehr begleiten. Aber dann dachte ich an die Stille und an Hajos Hand auf meinem Knie, nur wir beide, Vater, Stiefvater, Kind. Und dann ging ich doch wieder mit.

Eines Morgen sahen wir ein Reh äsen. Es sah schön aus in der Dämmerung, ganz ruhig war es, friedlich. Hajo reichte mir das Fernglas und zum ersten Mal verstand ich wirklich, warum die Leute von Rehaugen sprachen. Die Augen glänzten und ich fand, es sah aus wie Bambi.

Zwei Tage später wachte ich frühmorgens auf, ich konnte nicht mehr schlafen. Als ich hinunter ins Badezimmer schlich, lag Bambi ausgenommen in der Badewanne, mit verdrehten Augen, die traurig dreinblickten. Auf den Fliesen davor die zertretenen Spuren von vertrocknetem Blut.

Ich rannte hinaus, meine Mutter schlief noch. Ich rannte zurück auf mein Zimmer, auf die kleine Toilette, schrubbte mir das Gesicht und die Hände, bis sie brannten.

Am Abend erwarteten Hajo und Marlies Gäste. Ich hörte sie in der Küche streiten. Das kannst du dem Kind doch nicht antun, schrie meine Mutter, sie glaubte mich oben auf meinem Zimmer. Sie sei alt genug jetzt, sagte Hajo. Andere Tiere würden auch gegessen, ganz selbstverständlich. Und viel würdeloser getötet. Sie sei jetzt reif genug für die Würde der Jagd. Und des Todes. Dem Tod ins Antlitz zu schauen, auch das gehöre zum Leben.

Sie ist gerade mal zwölf, sagte meine Mutter.

In ihren Geschichten geht es noch viel grausamer zu, sagte Hajo.

Aber du vergisst ihren Vater. Du bist geschmacklos. Meine Mutter weinte fast. Jetzt hatte sie mich hinter der Tür bemerkt, sie erschrak.

Was ist mit Papa?, fragte ich.

Nichts, Engelchen, Carla, geh wieder rauf auf dein Zimmer. Hast du die Kaninchen schon gefüttert? Die Gäste kommen um sieben, wir essen um acht. Du könntest die Gin-Tonic-Gläser herrichten. Sie warf Hajo einen flehenden Blick zu.

Ich ging.

Später erklärte Hajo mir die paarige Schockwirkung. Dass das Tier nichts spüre, wenn man nur genau treffe, zielsicher. Man müsse nur beide Hälften treffen, beide Lungenhälften, beide Hälften vom Hirn. Wenn die eine Hälfte ausfalle, helfe die andere Hälfte aus, so sei unser Organismus angelegt. Ausgeklügelt, nicht wahr? Bei Mensch und Tier, das sei überall gleich. Darum könne man auch mit nur einer Niere leben. Man müsse nur ordentlich zielen und das Tier spüre gar nichts. Sofortiger Exitus.

Was das sei, Exitus.

Tod.

Du hast dem Tod ins Gesicht geschaut, sagte Hajo. Das ist verstörend, gewiss. Aber es gehört zum Leben.

Ich habe genug Tod gesehen, sagte ich, das reicht mir. An diesem Abend blieb ich den Gästen fern.

Fortan weigerte ich mich, Hajo zu begleiten.

11

Je älter ich wurde, desto mehr las ich, oben in meinem Zimmer, meine Streifzüge um das Haus wurden seltener. Auch weil ich fürchtete, Hajo zu begegnen. Er hatte sich sein Büro zuhause eingerichtet, es lag gleich neben der Treppe im Erdgeschoss. Er hatte einen großen Schreibtisch aus Teakholz, neben dem Fenster stand ein dunkles Regal mit Büchern und Akten. Auf einer kleinen Anrichte eine Flasche Whiskey mit einem Arrangement von Gläsern auf einem Tablett. Mutters Nähzimmer lag gleich nebenan. Manchmal schaute sie vorbei auf einen Drink, sie ließ sich auf dem alten Kanapee nieder, die Beine übereinandergeschlagen. Wenn sie besonders gut drauf war, schwang sie die Beine über die Armlehne und räkelte sich verführerisch auf dem gestreiften Polster, sie tat es ganz absichtslos, glaubte ich, aber sie verfehlte nicht die Wirkung. Manchmal ließ sie die Türe offen und ich konnte sie sehen, wenn ich vorbeischlich. Ich fragte mich, worüber sich Hajo und meine Mutter unterhielten. Über seine Arbeit? Ich fragte mich immer, was genau Hajo arbeitete, wenn er am Schreibtisch saß. Oft genug wälzte er einfach nur Akten und Zeitungen oder Zeitschriften über die Jagd. Ab und zu hatte er einen Termin in der Stadt. Hajo machte wenig Aufhebens um seine Arbeit. Manchmal erweckte er den Eindruck, als arbeitete er nur zum Zeitvertreib, als hätte er es gar nicht nötig, zu arbeiten, als säße er nur am Schreibtisch, weil es sich gehörte für einen Mann seines Kalibers. Was natürlich nicht stimmte. Hajo hatte einen aufwändigen Lebensstil und seit der Scheidung von Wiebke musste er den Hof alleine unterhalten, was bedeutete: Er musste einen Gärtner finanzieren, der sich im Bedarfsfalle auch um Hektor kümmerte, eine Putzfrau natürlich. Und gelegentlich eine Köchin. Normalerweise kochten Hajo und Marlies selbst.

Vielleicht sprachen sie über die Menufolge für das Abendessen, tauschten Rezepte aus, wenn Mutter bei Hajo auf dem Kanapee saß. Manchmal hörte ich sie lachen. Später weniger, da wurde auch die Stimmung im Haupthaus drückender, fast so drückend wie die letzten zwei Jahre im Hause meines leiblichen Vaters. Nach seinem Tod war unser Häuschen zunächst einmal leer gestanden, ich war nur ein einziges Mal wieder hineingegangen. Vorübergehend hatte die Köchin darin gewohnt, aber nach deren Auszug, sie wollte wieder näher an die Stadt, so hieß es, hatte Hajo es mir angeboten. Falls ich mich unabhängig machen wolle, sagte er, eines Tages, auch mit Blick auf mein Studium.

Ich wäre niemals dort eingezogen.

Hajo hatte Volkswirtschaft studiert. Angeblich arbeitete er als freier Unternehmensberater. Der Lebensstil, den er pflegte, war selbstverständlich für mich, ich kannte es nicht anders. Ich hätte nie gedacht, dass es ihm eines Tages an Geld fehlen würde, und dass ausgerechnet ich ihm aus der Patsche helfen sollte.

Wenn ich an seinem Arbeitszimmer vorbeiging, bemühte ich mich, leise zu sein, möglichst wenig Wind zu machen. Ich ging auf Zehenspitzen, damit die Böden nicht knarrten, sie knarrten trotzdem. Manchmal zitierte mich Hajo zu sich, wenn er mich kommen hörte, komm her, Carla, ich erzähl dir was. Dann war er gut gelaunt, dann sprang ihm der Schalk aus den Augen, dann erzählte er mir tatsächlich etwas Lustiges. Von den Zwillingen seiner Kusine zum Beispiel, die der Vater vor der Bäckerei vergessen hatte, im Nachbarort, einfach vor der Türe hatte er sie stehen lassen. Er war alleine nachhause gekommen. Und dann schilderte er das entsetzte Gesicht seiner Kusine, als würden die Augäpfel herausspringen, wie Witwe Bolte sei sie in der Einfahrt gestanden, fehlte nur noch der Kochlöffel, lachte er, wo sind die Kinder, du Narr? Ihr Mann sei ein Träumer gewesen, eben völlig verzettelt. Dahin komme man, wenn man zu viel lese, sagte er, er gab mir einen Klaps auf den Po. Aber die Kusine, die lebe nun auch schon nicht mehr.

Oder die Geschichte, als er als Student mit meinem Vater in England war, wie er in einem altmodischen Bed & Breakfast das ganze Waschbecken aus der Wand gerissen hatte, er hatte sich einfach draufgesetzt. Wie sie panisch das Weite suchten, er und mein Vater. Ein wunderbarer Trip sei das gewesen, ganz ohne Frauen. Nur er und mein Vater. Sie hatten ihre Fahrräder mit auf die Insel genommen, und nach diesem Malheur dann nichts wie ab über die Felder. Und davor hatten sie der Hausherrin noch die Hütte leergegessen, so Hajo, er hatte Tränen in den Augen, so lachte er. Einer reizenden alten Witwe, die nur noch den Kopf geschüttelt habe über ihren Hunger, die gichtigen Hände in die

Schürze gekrallt, how lovely, lovely boys you are. Sie hätten sich so geschämt. Vom Nachbarort aus hätten sie einen Handwerker zu der Witwe geschickt, mit freundlichen Grüßen und mehrfachem Sorry. Hajo hatte ihm einen Schein in die Hand gedrückt.

Manchmal war Hajo weniger gut gelaunt und mit den Jahren immer schlechter, seine Launen wechselten wie die Männchen auf den Fußgängerampeln, so dachte ich als Kind, bei Grün gehen, bei Rot stehen. Abstufungen dazwischen gab es nicht. Kein Gelb, allenfalls ein kurzes Anschwellen, bevor er losschrie, was glaubt ihr eigentlich, wer ihr seid, manchmal galten die Ausbrüche mir, manchmal meiner Mutter, manchmal uns beiden zusammen. Aus dem Sumpf habe er uns geholt, gewissermaßen, aus dem Leichenschauhaus, mit einem Vater, der nicht Manns genug war, sich dem Leben zu stellen, was wären wir ohne ihn, Hajo, ein paar hübsche Geschöpfe aus Porzellan, zwei Tiffany-Figürchen, die man dort auf die Anrichte stellen könnte. Dann wieder bereute er seine Wut, seine Gewitter verflogen so schnell, wie sie gekommen waren. Er strich meiner Mutter übers Gesicht, aber schön bist du, sagte er, wie aus einem symbolistischen Gemälde, eine Ophelia. Und das Engelchen erst, er spöttelte, ich schlug die Augen nieder. Er strich mir über den Rücken, ich spürte seine kräftige Hand durch den Stoff. Manchmal entschuldigte er sich.

Vor diesen Ausbrüchen hatte ich Angst, wenn ich an seinem Arbeitszimmer vorbeischlich, möglichst lautlos, er hörte mich trotzdem. Komm her, was schleichst du so herum. Du meinst wohl, ich höre dich nicht, gehst du wieder auf dein Zimmer zu deinen Romanen. Keine Bodenhaftung, sagte er, ich stand vor ihm, er musterte mich, ich würde noch wie meine Mutter, sagte er. Das sagte er immer wieder, wie meine Mutter, sagte er, die hinter ihrer Nähmaschine sitze und im Geiste Kostüme entwerfe für die ganz große Bühne, für die sie selbst niemals die Größe hätte. Wie gut, dass sie ihn, Hajo von Rechen geheiratet habe. Aber du, Carla, sagte er, du bist noch jung, du kannst noch rauswachsen aus deiner Wachshaut.

Manchmal sahen wir ihn den ganzen Tag nicht, dann packte er frühmorgens seinen 79er Mercedes G, einen beigefarbenen Kastenwagen, wir hörten den Motor aufheulen. Er sagte nie, wo er sich herumgetrieben hatte, wenn er abends zurückkam. Aber irgendwann stand er dann in der Tür, wo seid ihr, rief er heiter, macht den Rotwein auf, ich mache ein Festessen heut. Meist war er fröhlich nach diesen Ausfahrten. Und meine Mutter, so schien es, wartete nur auf ihn.

12

Ach. Meine Mutter seufzte.

Ich bin zu Jule gefahren, sagte ich.

Ich konnte die Enttäuschung meiner Mutter spüren, am anderen Ende der Leitung. Ach, sagte sie, aber ich hätte doch so gerne noch die Sachen vorbeigebracht. Man wisse ja nie, wann es losgehe.

Sie könne mir die Sachen auch später noch bringen, sagte ich.

Ich hätte gute Lust gehabt, meinen Besuch bei Jule noch auszudehnen. Warum nicht gleich dort entbinden, dachte ich, weit weg von allem, im Klinikum Friedrichshafen zum Beispiel oder in Ravensburg.

Oder bei mir bei den Affen, sagte Jule. Sie habe schon einigen Affenbabys bei der Geburt assistiert, warum nicht mal einem Menschenkind. Udo, ihr Tierpfleger, sei im Übrigen ein ausgezeichneter Geburtshelfer.

Darauf müsse sie direkt eine rauchen, sagte sie, sie sei schon so konditioniert inzwischen, dass schon der Name Udo Gelüste in ihr wecke. Sie lachte und verschwand auf dem Balkon.

Manchmal wunderte ich mich, wie einfach die Dinge sein konnten, wie unaufgeregt das Miteinander mit anderen Menschen. Wie sozialverträglich ich war, trotz allem, nach allem, was mir meine Kindheit vorenthalten hatte. Freunde hatte ich wenige gehabt, ich war zu früh erwachsen.

In der Grundschule hatte ich manchmal eine Freundin mit nachhause gebracht, damals lebte mein Vater noch. Wir spielten »Mensch ärgere dich nicht« oder Verstecken, er brachte uns Kaulquappen in Plastikbeuteln und veranstaltete mit uns die fast schon legendären »badischen Meisterschaften im Schneckenrennen«. Abends fuhr er meine Freundinnen ganz selbstverständlich wieder nachhause. Als es ihm schlechter ging, wurden die Besuche anderer Kinder seltener, vielleicht fühlten sie sich unwohl oder glaubten zu stören. Vielleicht spürten sie die Veränderung und die Beklommenheit, die mit ihr einherging. Nach Vaters Tod blieben die Besucher ganz aus, bis auf Hannes aus dem Nachbarort. Er kam mit seinem Fahrrad angeradelt, obwohl seine Mutter ihn schimpfte, jedes Mal, wenn er wieder ausgebüxt war. Er solle die Leute am Hof nicht stören, sagte sie, die seien in Trauer, das gehöre sich nicht.

Hannes und ich lagen oft auf der Wiese hinterm Stall, jeder ein Kaninchen auf dem Bauch, das er streichelte. Ich streichelte Paul, er Pauline. Wir blinzelten in die Sonne. Irgendwann sagte er, dass er mich heiraten werde, eines Tages, er werde mir ein Pony kaufen, versprach er, ein eigenes, wenn er einmal ganz viel Geld habe. Dann sprang er auf, setzte die Kaninchen zu den anderen in den Stall und rollte sich auf mich. Komm, sagte er, wir spielen verheiratet. Er roch nach Apfelsaft und Heu.

Leider hatte Hajo die Szene beobachtet, plötzlich stand er in Gummistiefeln neben dem Stall und brüllte, verschwinde, du Lümmel, und lass dich hier nicht wieder blicken. Ich schaute Hannes an, die Scham in seinen Augen, er hielt meinem Blick nicht stand. Und für einen Moment sah ich mich selbst auf dem Bahnsteig in Herrenberg, meine dürren Beine, der kochende Asphalt unter meinen Füßen. Die gehört nicht zu uns. Die spitze Stimme meiner Großmutter, die mich aus ihrem Herzen jagte, noch während sie mich empfing.

Meine Mutter versuchte Hajo zu beschwichtigen, sie war gerade vom Einkaufen gekommen, das seien doch Kinder, sagte sie. Aber Hannes war schon auf und davon, mit seinem Fahrrad, er trat in die Pedale, als radelte er um sein Leben. Ein paar Mal trafen wir uns noch heimlich an der alten Eiche am Dorfrand. Aber irgendwann schliefen auch diese Treffen ein. Zwei Jahre später verunglückte Hannes auf der Landstraße vor Waltershofen. Mit seinem Fahrrad, er war zwölf Jahre alt.

Als ich in Freiburg aufs Gymnasium ging, traf ich mich gelegentlich mit meinen Mitschülerinnen in der Stadt. Aber ich fühlte mich fremd unter Gleichaltrigen. Am liebsten zog ich mich allein auf mein Zimmer zurück.

Wie stellst du dir das eigentlich vor, mit der Arbeit? Jule kam vom Balkon zurück. Sie brachte einen halb vollen Aschenbecher mit herein, kippte den Inhalt in den Müll und verknotete den Beutel.

Meine Redaktion hatte angefragt, ob ich nicht wenigstens ab und zu einen Artikel schreiben könne. Größere Berichte seien ja jetzt tabu, meinte die Redakteurin, aber es gebe auch in der näheren Umgebung noch Themen mit Zugkraft, das »kulinarische Elsass« zum Beispiel, oder »Schlemmen im Dreiecksland«.

Oder »Leben mit Kind zwischen Hochschwarzwald und Bodensee«, warf Jule ein.

Ich schaute hinaus auf das Wasser.

Dann schreibe ich schon lieber über den Bodensee, sagte ich, über den See im Herbst. Über die Droste in ihrem Turm, warum nicht? Dazu hätte ich Lust. Droste im Turm im Herbst und draußen die tosenden Wellen des Lebens. Dazu ein paar kleinere Übersetzungen.

Wieder näherte sich eine Fähre aus Konstanz. Irgendwo dort hinten lag Hajos Boot. Ohne meine Mutter würde ich das alles nicht schaffen, dachte ich.

Ein Mädchen, hoffentlich ein Mädchen, wieder hatte ich ihre Worte im Ohr, ein paar Kleidchen für ein Mädchen, mit Früchten drauf und Blumen und Beeren. Und meine Mutter hat eine Aufgabe, die habe ich ihr beschert, dachte ich, ein bisschen Farbe in ihrem Lebensstoff. Wie reizend. So ein niedliches kleines Mädchen, so wie ich eines war, angeblich. Hatte sie das tatsächlich gesagt? Und der Vater, was interessierte sie schon der Vater. Aber sie hatte tatsächlich nach ihm gefragt, dann doch, ganz zum Schluss. Ich war schon im Gehen, da hatte sie mir nachgerufen, wer denn der Vater sei, der glückliche. Sie war mir hinterher gerannt, kam nur schlecht voran in ihren schweren Gummistiefeln. Fast hätte sie mir noch leidgetan, so außer Atem und zurückgewiesen, so wie Hajo, der am Schuppen stand, ganz klein, so nah und doch so weit weg, ein spätsommerliches Stillleben. Wer denn der Vater sei, diese Frage, dann doch.

Ich hatte sie einfach stehen lassen. Auf der Rückfahrt nach Freiburg lag der Herbst auf den Feldern.

13

Frieder war groß und kräftig, ein Hüne mit breitem Kreuz. Einer jener Männer, die mit zunehmendem Alter Gefahr liefen, feist zu werden, wenn die Bewegung nachließ und die Masse sie aufschwemmte. Er war bei seinem Onkel groß geworden, in der Nähe von Waldshut. Gelobt sei, was hart macht, das waren die Worte des Onkels, wenn er den Jungen frühmorgens zu den Hundezwingern schickte, mit einem Eimer voll Frischfleisch, das er den Tieren zum Fraß vorwarf. Den Rottweilern, die der Onkel züchtete. Der Junge war ihm gerade recht gekommen, so konnte er sich eine

Arbeitskraft sparen. Anfänglich hatte Frieder noch Angst gehabt vor den Hunden, später nicht mehr. Man gewöhnt sich an alles, sagte er. Er hatte sich geekelt vor den rohen Fleischmassen, vor den sabbernden, das Fleisch reißenden Mäulern. Aber er hatte sich abgefunden. Auch damit, dass ihm im Winter bei Minusgraden fast die Finger abfroren bei der Fütterung.

Wenn seine Mutter ihn besuchen kam, alle paar Wochen, dann freute sie sich, dass Frieder so gesund aussah, und kräftig, dass er so gut gedieh, die rosige Gesichtsfarbe, das volle Haar. Dann ließ der Onkel das gute Geschirr auftragen, und es gab sogar Butter zum Hefestollen. Die erloschenen Augen des Jungen sah die Mutter nicht.

Man gewöhnt sich an alles, sagte Frieder. An Beziehungen hatte er sich nie gewöhnt.

Wir waren uns in der Buchhandlung Jos Fritz begegnet. Er war oft dort, schlich um die Büchertische herum oder klebte an den Regalen. Er hatte mich schon eine Weile aus den Augenwinkeln beobachtet, irgendwann dann sprach er mich an. Ich blätterte gerade in einem Bildband über das Paris der Surrealisten. Ob ich die Dichter des Bandes auch im Original zu lesen verstünde. Plötzlich stand er neben mir, ich nickte, überrascht. Er sah mich sehnsüchtig an. Lass mich raten, Romanistik und … ich tippe auf Englisch, Deutsch?

Richtig, sagte ich, alles drei, sieht man mir das an?

Vielleicht.

In meinem Herzen weint es, sagte er.

Ich sagte: Verlaine.

Sprich es im Original für mich, nur diese Zeile.

Il pleure dans mon cœur. Ich hatte dieses Gedicht oft gelesen, im Stillen vor mir aufgesagt. Comme il pleut sur la ville, fuhr ich fort.

Wie es auf die Stadt regnet. Danke, sagte er, das reicht schon. Ich heiße Frieder.

Er lud mich ein in das Café im Innenhof.

Kennst du die Specht-Passage, fragte er. Dort kannst du mich finden. In der Fahrradwerkstatt im ersten Stock. Falls du mal einen Platten hast.

Mitten im Anarchoviertel, sagte ich.

Als ich das erste Mal zu ihm kam, wäre ich am liebsten wieder umgedreht. Er trug mir das Fahrrad über eine schmale Holzstiege in den ersten Stock. Dann schob er mir einen alten Stuhl hin, setz dich. In einer Nische neben der Treppe befanden sich eine verdreckte Spüle und zwei rostige Herdplatten. Er füllte eine verklebte Cafetiere mit Kaffeepulver, alles fair gehandelt, sagte er, falls du Wert darauf legst. Dann erhitzte er die Milch in einem kleinen Aluminiumtopf. Er brachte sie zum Schäumen. Durch die staubigen Scheiben sah ich in die Räume auf der anderen Seite der Passage. Wohnen am Minimum, dachte ich. Ein alter Kohleofen, eine Spanplatte, ein paar freistehende Stühle. Ein zerschlissener

Ohrensessel aus ehemals hellem Velourstoff. Eine Art Sofa mit Schlafsack. Eine der kaputten Scheiben war mit Folie überzogen. Überall Spinnweben.

Er hielt mir einen Becher Milchcafé hin, à la française, sagte er. Vorsicht, heiß.

Dann drehte er mein Fahrrad auf den Sattel. Hinten brauchst du einen neuen Mantel, sagte er. Aber nein, warte. Wir schlachten ein anderes aus. Ich sah ihm zu, wie er in wenigen Handgriffen ein völlig zerbeultes Damenrad zerlegte, den traurigen Rest warf er auf einen Haufen in der Ecke. Mein Ersatzteillager, sagte er.

Während er arbeitete, schaute ich auf seinen braunen Nacken, er glänzte vom Schweiß. Wie meine beiden Vatermänner im Segelboot, dachte ich. Auf einmal zog er sein T-Shirt aus, du entschuldigst, sagte er. Mir ist einfach zu warm.

Ich fragte ihn, ob dort drüben jemand wohne.

Immer wieder mal.

Und du?

Nein, sagte er, wohnen nicht. Auch nicht in einem der besetzten Arbeiterhäuschen hinter dem Café Jos Fritz. Im Grün, ich wisse schon. Nein. Er habe ein schönes Zimmer im Stühlinger, in der Klarastraße. Er lachte. Aber Recht hätten sie, die Hausbesetzer. Bald werde man sie alle rauswerfen. Irgendwann werde man das ganze Viertel räumen. Wegen einer Seniorenwohnanlage. Kaputtsanierung, sagte er. Aber man gewöhnt sich an alles.

Wenn Frieder nicht Fahrräder reparierte, verdingte er sich mit Hausmeistertätigkeiten und Malerarbeiten. Später hatte er eine Stelle bei Jos Fritz, das hatte er sich immer gewünscht, im Antiquariat in der Wilhelmstraße.

Du musst dein Rad mehr pflegen, sagte er, als ich mich verabschiedete, ich bedankte mich, auch für den Kaffee. A la française, sagte ich. Er forderte mich auf, bald wiederzukommen.

Manchmal trafen wir uns in der Mensa, manchmal im Café der Universitätsbibliothek. Er war gierig nach allem, was irgendwo geschrieben stand.

Als er mich zum ersten Mal zu sich nachhause einlud, kam ich von einem Besuch bei Marlies und Hajo. Er bestand darauf, mich an der Straßenbahnhaltestelle abzuholen. An der Eschholzstraße wartete er auf mich. Die Wohnung glühe bereits vor, sagte er.

Als er kurz darauf die Tür aufsperrte, wurde ich mit Bach empfangen, aus der Küche roch es nach geschmelzten Zwiebeln, auf dem Tisch brannten Teelichte. Er habe das Zimmer schon eingestimmt, sagte er. Ich schaute mich um. Das Arrangement war ganz und gar ungewöhnlich für einen Mann wie Frieder. Nach meinen Einblicken in die Werkstatt hätte ich alles Mögliche erwartet, nur nicht das. An der Wand rechts stand ein schwarzes Klavier, unterm Fenster ein Futon mit einer orangeroten Überdecke. Ein Zimmer wie ein kleines Juwel, dachte ich. Die Bücher akkurat in den Regalen. Ich dachte an meine eigene Unordnung. Nach dem Essen bat er mich ihm vorzulesen, Dostojewski, Aufzeichnungen aus dem Kellerloch. Ich hätte eine schöne Stimme, er wolle es aus meinem Munde hören. Irgendwann begann er, mir den Rotwein, den er mir so selbstverständlich nachgoss, von den Lippen zu küssen. Als er mich später auf den Futon schob, fühlte es sich richtig an. Ich hatte keinen Grund, mich zu wehren.

14

Als ich aus Meersburg zurückkam, fand ich ein Paket in der Wohnung. Für Marlene, stand darauf. Meine Mutter hatte die Betten ausgetauscht, sie hatte eine leichte Sommerdecke gebracht, überzogen mit einer honiggelben Batistbettwäsche mit Streifentextur. Sie hatte die Blumen gegossen und die Küche aufgeräumt. Auf dem Küchentisch lagen ein Päckchen Johanniskrauttee und ein Fläschchen Rosmarin-Öl. Dazu ein Zettel in ihrer Schulmädchenschrift: gegen Stress und Schwangerschaftsstreifen. Marlies.

Warum konnte sie nicht Mama schreiben, dachte ich. Warum konnte ich nicht Mama sagen. Nicht mehr. Hatte ich jemals Mama gesagt? Als kleines Mädchen vielleicht, als mein Vater noch lebte. Meine Tochter würde Mama zu mir sagen, das stand fest. Aber Papa, das würde sie auch nicht sagen.

Ich warf mich aufs Bett, es fühlte sich angenehm kühl an, es roch nach Waschmittel und Stärke. Irgendwann müsse ich mit der Wahrheit herausrücken, hatte Jule gesagt, ich könne sie nicht ewig verleugnen. Auch Marlene habe ein Recht auf die Wahrheit, irgendwann. Ich drückte mein Gesicht in die Kissen. Wer hat mir denn die Wahrheit gesagt, dachte ich, die Wahrheit über meinen Vater, über meine Großeltern, über Erna und Gustaf.

Schließlich öffnete ich den Karton. Für Marlene.

Das Blümchenkleid lag obenauf. Vorsichtig faltete ich das Kleid auseinander. Unterhalb der Brustnaht waren die Blüten ausgebleicht, ich suchte den Stoff mit den Fingern ab, dort war die Stelle. Kaum merklich gingen die etwas satteren roten Blüten in ein zartes Rosé über. Dort hatte meine Mutter das Fleckenmittel aufgetragen, die Textur war leicht angeraut vom vielen Reiben. Das Kleid roch nach Lavendel und Sandelholz. Ich legte es wieder zusammen. Und ich dachte an die kleine Carla auf dem Bahnsteig, meine schweißnassen Hände. Ich dachte an die Hitze, die Stagnation aller Regungen und an die Kälte, die mir entgegenschlug.

Die gehört nicht zu uns, sieh sie dir an. So gar nichts von unserem Claus.

Mein Großvater hatte sich von seinem Ohrensessel erhoben, er trug trotz der Hitze eine Weste über dem hellen Sommerhemd. Gleich nach unserer Ankunft in

Herrenberg war ich zu ihm ins Wohnzimmer geführt, ihm vorgeführt worden. Er nahm die Pfeife aus seinem Mundwinkel und inspizierte mich eindringlich. Bekommst du bei deiner Mutter nichts zu essen?, fragte er schließlich. Die Zeit war mir endlos vorgekommen. So ein Hungerhaken, sagte er und schüttelte mürrisch den Kopf. Geh zu deiner Großmutter in die Küche und hilf ihr beim Auftragen. Ich nickte, ich brachte kein Wort heraus.

Dann die Szene, die sich am Abend zutrug, das kleine Mädchen, das in die Küche stolperte, um zu helfen, noch einmal, diesmal ohne Aufforderung. Ich wollte ihnen zeigen, dass ich gut erzogen war, dass ich nicht schlecht war, trotz meiner roten Haare. Im Flur stand ein riesiger Wandspiegel, ich musterte mich, meine hageren Beine, ich streckte den Bauch heraus und sah mich von der Seite an. Was soll dieser Unsinn, schrie meine Großmutter von der Küche, sie hatte bereits getrunken. Sieh zu, dass du in die Küche kommst. Großmutter roch nach Alkohol, ein scharfer Geruch. Auf der Anrichte stand eine Flasche Gin. Daneben der Lammbraten, den sie gerade im Begriff war zu salzen, ihre Hände zitterten. Gib mir den Pfeffer, herrschte sie mich an, ich sah mich hilflos in der Küche um. Du hilfst deiner Mutter wohl nie, fauchte sie mich an, mach deine Augen auf. Sie fuchtelte mit einem scharfen Messer herum, dann begann sie den Braten in Scheiben zu schneiden, sie fielen unregelmäßig übereinander. Ich sah zu, wie die Form des Bratens sich auflöste und neu zusammensetzte. Aber ohne Halt. Nichts als lose Fleischlappen, die übereinanderlagen. Schweigend betrachtete ich die Bewegungen meiner Großmutter. Was stehst du nur da und schaust. Sie schob mich unsanft zur Seite.

Ich wünschte mir meine Mutter herbei. Wo ist Mama, fragte ich, obwohl ich wusste, sie hatte sich zurückgezogen, sie war im Bad, um sich frischzumachen. Hast du jemals etwas anzufangen gelernt mit deinen zwei Händen? Großmutter wurde immer ungeduldiger, sie schrie auf mich ein. Was stehst du dumm rum. Dann nahm sie die Flasche von der Anrichte, eine Flasche Rotwein, eine blitzschnelle Bewegung, sie holte aus, hier, stell wenigstens das auf den Tisch. Die Flasche kam auf mich zugeflogen, ich reagierte, ohne zu denken. Wie durch ein Wunder fing ich sie auf. Sie hatte sie einfach auf mich geworfen. Ich zitterte und ging hinaus.

Ich verbarg mich hinter der Garderobe im Flur, hinter dem Sommermantel meiner Mutter, die Flasche Bordeaux im Arm wie ein Schutzschild.

Was ist denn hier los? Jetzt erschien auch mein Großvater. Er nahm mir die Flasche aus der Hand und schickte mich ins Esszimmer. Ob meine Großmutter betrunken sei, wagte ich ihn zu fragen, ich fragte ganz leise, er verbot mir den Mund. Das geht dich nichts an, sagte er scharf. Ein Gör wie dich.

Beim Essen später lächelte Großmutter süßlich, sie hatte Mühe, sich gerade zu halten. Bis zu dem Zeitpunkt, als mir mein Bratenstück auf den Schoß fiel, über den Bauch auf die große weiße Leinenserviette. Nie würde ich diesen Moment vergessen, die Stille danach, dann das Schreien. Es war Großmutter, die das Tablett nicht richtig gehalten hatte, es war zur Seite gekippt. Dieses elende Gör, schrie sie, wie sie schon dasitzt.

Dann das muffelige Gemurmel meines Großvaters, die Stickereien auf der Tischdecke, auf die ich starrte. Und meine Mutter, die sich irgendwann über mich beugte, viel später erst, viel zu spät. Zwei Augen in der Dunkelheit, das helle Oval ihres Gesichts. Ich lag in einem schmalen Gästebett und schwitzte unter den viel zu warmen Daunen. Deine Großmutter trinkt, sagte sie, das hat sie nicht so gemeint. Sie versuchte zu lächeln. Und der Fleck, sagte sie, den kriegen wir wieder raus. Ihre Finger zitterten, als sie mir durch die Haare fuhr.

Meine Mutter hatte das Kleid in Seidenpapier eingewickelt, es knisterte, während ich es glatt strich. Da lag es nun vor mir, mit seiner ganzen Geschichte. Ein Gezeichnetes, dachte ich, mit einem imaginären Lindenblatt, direkt unter dem Herzen. Ich legte es vorsichtig in die Schublade der Kommode, in die unterste.

15

Du pflegst deine Illusionen wie ein Spießbürger sein Vorgärtlein, sagte Frieder. Dabei hob er noch nicht einmal den Kopf, um von dem Fahrrad aufzublicken, an dem er gerade die Kette ölte. Ich sah zu, wie die Tröpfchen aus der kleinen Flasche zwischen die Kettenglieder schlüpften. Er war geschickt, seine Bewegungen waren gleichmäßig und präzise. Ich schaute auf die großen dreckigen Hände, die Narbe am rechten Zeigefinger. Kaum sichtbar für die, die nicht um sie wussten.

Es wäre das erste Mal, dass deine Mutter sich hinter dich stellt, sagte er. Warum sollte sie plötzlich ein Rückgrat haben?

Aber es ist mein Geld, beharrte ich. Ich ließ mich auf den Sessel fallen, der neben dem Schrotthaufen stand, ich hörte mich selber schnaufen. Wenigstens blickte Frieder jetzt auf. Er gab den Pedalen einen letzten kräftigen Ruck. Na also, kommentierte er seine Arbeit, offenbar zufrieden mit sich. Dann nahm er einen Lappen und wischte sich die Schmiere von den Händen. Er wird es dir nicht geben, sagte er. Du weißt doch, er lachte spöttisch auf, einem nackten Mann greift man nicht in die Tasche. Er warf den dreckigen Lappen in eine Ecke und streifte sich die Träger von den Schultern. Der Latz seiner ehemals blauen Arbeitshose fiel nach vorne. Wenn überhaupt, sagte er, dann musst du's dir holen.

Ich. Es mir holen. Das hatte ich schon mal probiert. Ich beobachtete, wie das Vorderrad allmählich ausdrehte. Wenn Hajo mich nicht überredet hätte, den Hof zu verkaufen, um seine eigene Misswirtschaft auszugleichen, könnte ich jetzt unbeschwert von den Pachteinnahmen leben, dachte ich. Oder ich könnte nur einen Teil veräußern, die ehemaligen Ställe zum Beispiel, ein Stückchen Garten. Eben so viel, wie ich bräuchte, um meine Wohnung in der Wiehre zu finanzieren, die mir ans Herz gewachsen war und die ich ein knappes Jahr zuvor selbst erworben hatte, als sich die Gelegenheit bot, mein Vorkaufsrecht nutzend. Die ich mit Marlene bewohnen würde, schon bald. Ohne Hajo und sein Drängen hätte ich den Hof nie verkauft.

Aber ich brauche das Geld, sagte ich.

Frieder stand am Herd und zuckte mit seinen breiten Schultern. Von hinten sah er aus wie ein Schrank. Er könnte es mit Hajo aufnehmen, dachte ich, besser als ich. Ich verwarf den Gedanken, noch während er mir kam.

Ich schaute mich in der Werkstatt um. Inzwischen hatte Frieder sich in der Nähe des ehemaligen Elektrizitätswerkes eingerichtet. Seine alte Bleibe in der Spechtpassage war tatsächlich der Sanierung des Viertels zum Opfer gefallen, Ende der Achtzigerjahre. Atmosphärisch aber hatte sich nichts verändert.

Wenn die Sache mit Erna nicht gewesen wäre, hätte ich so wenig gehabt wie jetzt, dachte ich. Von meinem Vater einen Koffer voller Briefe, eine bunte Schachtel mit Zeichnungen, ein Lexikon. Seinen alten Sekretär. Eine Strickjacke, die mir zu groß war, grau, mit groben Zöpfen, ein paar Schallplatten, ein Märchenbuch (neben anderen) und ein paar Super-8-Filme in meinem Kopf. So wenig, dachte ich, und so viel.

Wäre Erna nicht gewesen, und ihr Ende nicht so schrecklich, hätte mir mein Großvater niemals auch nur einen Pfennig vererbt, von meinem Pflichtteil einmal abgesehen. Aber auch den hätte Hajo längst durchgebracht.

Nach Oma Ernas Tod sei er sentimental geworden, mein Großvater. So sagte man. Immerzu habe er diese Bilder im Kopf gehabt, die er nicht haben wollte, plötzlich sei er in die Kirche gegangen, der große Griesgram habe sich unter die Leute gemischt, so hieß es. Die Nachbarn schüttelten den Kopf. Den Ring, den er nach dem Tod meines Vaters wieder an sich genommen hatte, trug er fortan mit dem Sigel nach unten. Mutter und ich waren zu Ernas Beerdigung gekommen, auch Hajo war dabei, wir hielten uns ganz abseits. Wir waren die Letzten, die kondolierten. Überraschend hatte er uns nach dem Leichenschmaus mit nachhause gebeten, er ging gebeugt über seinem Stock. Von seinen Bildern gebeutelt, so schien es, oder von einer diffusen Reue. Er hatte Mühe, den Schlüssel ins Schloss zu stecken, ich stand am Treppenabsatz und starrte auf das schwarze Sakko, das an den Nähten schon aufplatzte. Eine traurige Gestalt, dachte ich. Er hatte seine besten Tage schon gesehen, zweifellos. Hatte er überhaupt jemals gute gehabt?

Drinnen goss er uns allen einen Kognak ein. Er rang nach Worten, fuchtelte mit den Armen, während er sich erhitzte über die Zeremonie, über die mageren Worte des Pfarrers, Erna hätte etwas Besseres verdient gehabt als diese späte Schmach. Mir schien es, als echauffierte er sich über die Trauerfeier, um nicht über das Eigentliche zu reden, über die Jahre des Schweigens zum Beispiel oder die Unerhörtheit meiner ersten Begegnung mit Erna, meiner ersten und einzigen und letzten. Nach dem dritten Glas erst war er bereit, mich anzusprechen, gelallte Geständnisse, sie hätten Fehler gemacht, vielleicht, Erna und er selbst, ja, auch er. Ich saß am gleichen Tisch wie zehn Jahre zuvor, vor mir die gleiche Tischdecke mit den blauen Stickereien. Als er mir nachgießen wollte, zog ich mein Glas weg, er hielt in seiner Bewegung inne, erstaunt, er starrte mich an. Da war keine Wut, dachte ich, nein, da war etwas anderes, so etwas wie Angst. Er schüttete daneben, die Flüssigkeit versickerte in den zarten Ranken des Stoffes. Rotblond, dachte ich, wie meine Haare. Mittlerweile war ich neunzehn Jahre alt. In der ganzen Wohnung lag ein penetranter Geruch, es würde Monate dauern, ihn hier herauszubekommen.

Wäre die Sache mit Erna nicht gewesen, mein Großvater hätte mir niemals dieses Grundstück vermacht, den ehemaligen Hof der Familie im Osten. Irgendwann nach unserem zweiten Aufeinandertreffen musste er sein Testament geändert haben. Wir saßen beim Frühstück, als das Schreiben vom Notar eintraf, das war kurz vor seinem Tod im August 1990. Kurz nach der Wende. Großvater Gustaf nannte mich als Begünstigte, Carla Gehrke, die einzige Enkelin, einzige Tochter seines geliebten Claus. Meine Mutter schaute mich ungläubig an, sie schüttelte den Kopf. Das kann doch nicht sein. Hajo nahm mir das Schreiben aus der Hand, ich beobachtete ihn, während er las. Ich hätte es wissen müssen. Seine Stirn in Falten, wie immer wenn er sich konzentrierte, diese Augen, die plötzlich aufblitzten. Dann bot er mir an, mich zu beraten. Schließlich sei ich gänzlich unerfahren in Finanzdingen, da dürfe man nichts überstürzen. Du kannst ihm vertrauen, sagte meine Mutter, darin kennt er sich aus.

Hajo riet mir nicht gleich zum Verkauf, nein, erst ein knappes Jahr später. Erst als er sich einen Morgan leistete anstelle des Mercedes G.

Ich müsste es alleine anstellen, dachte ich, als Frieder mir eine Schale mit Kaffee hinhielt. Mir das Geld zurückholen. Und ich müsste es besser machen besser als beim letzten Mal. Frieder strich mir eine Haarsträhne aus dem Gesicht. Die hängt dir gleich in die Brühe. Er klemmte sie mir hinters Ohr.

Es ist mein Geld, wiederholte ich, laut und trotzig, als müsste ich es mir nur fest genug eintrichtern. Und ich brauche es, sagte ich.

16

Nur einmal war ich hingefahren, mit Frieder, ich wollte es mir ansehen, Abschied nehmen, vielleicht. Das war nach Großvaters Tod, zwei Jahre nach der Wende. Wir fuhren in Frieders altem Passat, er hatte ihn extra aufgepäppelt für die Reise. Ist eh besser, wenn wir nicht gleich unangenehm auffallen, meinte er. Er tätschelte liebevoll die Motorhaube, Hauptsache, sagte er, er steht durch.

Frieder erwartete mich in seiner Werkstatt, ich hatte niemandem Bescheid gegeben. Ich wollte mir selbst ein Bild machen, ohne von Hajo oder meiner Mutter beeinflusst zu werden, worauf ich zu achten hätte. Ich wollte mit meinen eigenen Augen sehen. Unter den Sachen meines Großvaters hatte ich ein Foto ausgegraben, das musste es sein, dachte ich, der Hof beziehungsweise das Anwesen, wie er immer nur genannt wurde. Mein Vater hatte nur wenig erzählt von seiner Kindheit in Ostdeutschland, als wollte er sie ausblenden. Nur wenig vom Hof und den eigenen Eltern. Nur von der dicken Köchin hatte er mir erzählt, die für ihn die Kuchenstücke hortete, und von Matze, dem Knecht, der in den Stallungen half. Aber ich konnte mir vorstellen, wie seine Kindheit verlaufen war, schweigsam und in den starren Posen derer, die sich für etwas Besseres hielten, die einen schweren Ring zur Schau stellten wie die Kleinbauern auf dem Markt ihre mühsam geernteten Kartoffeln. Die mit einem Wappen hausieren gingen, das ein abgegriffenes Schriftstück zierte und das in einem Haufen von Feldpostbriefen gefunden worden war, die wiederum von einem Großonkel aus dem Ersten Weltkrieg stammten. Angeblich. Wenn mein Vater überhaupt etwas erzählte von seiner Kindheit im Osten, dann von den abseitigen Pfaden, von seinen heimlichen Exkursionen in die Küche oder in den Stall. Von der dicken Gerda und dem langen Matze, der sich so verbiegen konnte, dass er durch jedes Schuppenfenster schlüpfte, die Äpfel mit dem Butzen aß und seine Fingerkuppen rechtwinklig abknicken konnte wie die Zacken eines Laubrechens. Vielleicht auch fand mich mein Vater zu klein und zu empfindsam für die Geschichten, die ihn wirklich prägten, für die Stockschläge und Worthiebe, die Tritte gegen die Landarbeiter und die Gefühlskälte der eigenen Mutter.

Irgendwann war es auch meinem bislang vermögenden Großvater klar geworden, dass es im Osten nun endgültig vorbei war mit seinem Leben nach Gutsherrenart, und so hatte er meine Großmutter Erna mit dem Söhnchen Claus über die Grenze geschickt, zu Verwandten in den Westen, um ihnen kurz darauf nachzufolgen. Das musste Mitte der Fünfziger gewesen sein, als die DDR begann, noch drastischer gegen Flüchtlinge in den Westen vorzugehen. Und als solche siedelten meine Großeltern sich dann in Herrenberg an, in vergleichsweise bescheidenen Verhältnissen, was sie aber nicht davon abhielt, wenigstens in ihrem Auftreten die Würde ihres gefühlten Standes nach außen zu tragen. Selbst wenn mein Großvater in Gummistiefeln über den Hof stapfte, wirkte er größer, als er tatsächlich war, so zumindest ließ ich mir sagen. Als gehöre das Gut, das er verwaltete, seit er in den Westen gekommen war, nicht jenem reich gewordenen Industriellen, sondern ihm selbst, Gustaf Gehrke.

Sein eigenes Gut war nach der Wende an ihn zurückgegangen. Es lag in Brandenburg, westlich von Potsdam. Eher ein großer Bauernhof, sagte meine Mutter, mit Schweinezucht und Ackerbau, ein Dreiseithof mit zwei Nebenhäusern. Eine große Scheune, zwei Ställe. Neben den Ferkeln hielt man sich Pferde, in der Hoffnung, meine Großmutter würde sich eines Tages wieder auf ein solches setzen. Sie war im fünften Monat schwanger, als sie bei einem Reitunfall so schwer stürzte, dass sie den Rest der Schwangerschaft liegend verbringen musste. Während mein Großvater in einem Lazarett an der Ostfront lag, das er mit einer Augenbinde verließ, die ihn vor weiteren Kampfeinsätzen schützte. Angeblich hatte sie nächtelang nach ihm gerufen.

Ich war mit gemischten Gefühlen nach Brandenburg gefahren, voller Neugierde und Erwartung, aber auch Angst. Wovor ich mich fürchtete, konnte ich noch nicht einmal sagen. Vor der möglichen Entzauberung vielleicht. Oder vor der endgültigen Loslösung von einer Geschichte, die auch meine war, ob ich es wollte oder nicht.

Wir nahmen die Autobahn Richtung Erfurt, Halle. Danach fuhren wir weiter über Land. Ich wollte möglichst viel von der DDR sehen, der ehemaligen, wollte mir ein Bild machen von dem Land, in das mein Vater hineingeboren worden war. Es war früher September und die Landschaft fächerte sich vor uns auf wie ein Buch aus einer anderen Zeit, goldgelb und verlassen, ein paar ausgestorbene Höfe, hie und da ein Traktor, ramponierte Wegweiser. Wegweiser nach Nirgendwo, dachte ich.

Wir pausierten in Dessau, ich besorgte mir einen Stadtführer, wir sprachen über die Ästhetik des Bauhauses, eine kaltherzige Schönheit, fand ich, Funktionalisierung der Form ohne Herz, und dennoch faszinierend. Ich schlug vor, einen Umweg über Wittenberg zu machen, schon damals schrieb ich kleinere Artikel für verschiedene Zeitungen, Miniaturen und Porträts über Städte und Ortschaften und vor allem über die Menschen, die sie prägten, ihre Dichter und Denker. Warum nicht den Osten erobern? Jetzt, nach der Wende.

Frieder zündete sich eine Zigarette an, kurbelte die Scheibe der Fahrertür herunter und legte beide Arme aufs Lenkrad. Er sah mich von der Seite an. Du willst nur den Moment hinauszögern, sagte er, nichts als Schmerzvermeidung. Deine Recherchen kannst du immer noch betreiben.

Er legte entschlossen den Gang ein und fuhr los Richtung Coswig, Brück, immer weiter ins Märkische Land. Es war Nachmittag, als wir ankamen.

In der ehemaligen Scheune hatten sie einen Gasthof eingerichtet, es gab einfache Gerichte, Schweineschnitzel, Bauernfrühstück, Eisbein mit Kraut. Viel Schwein, dazu Kartoffeln in allen Variationen, Spaltenkartoffeln, das hatte ich noch nie gehört, auch Pommes, das Übliche. Das Wort Sättigungsbeilage suchte ich vergeblich auf der schlicht gehaltenen Speisekarte. Die Pächter waren jung und rotwangig. Wir hatten uns nicht zu erkennen gegeben, aber sie führten uns freimütig durch den Hof, stolz, dass sich zwei Westler dafür interessierten. Nur der Großvater der Familie, der auf einer Eckbank neben dem Tresen saß, brummelte missmutig vor sich hin. Dem mache der Umbruch zu schaffen, erklärte die Gastwirtin, der kriege das nicht mehr in seinen Schädel. Aber er helfe noch aus bei den Schweinen.

Die Pferde hätten sie nach der Wende abgegeben, fuhr sie fort, verkauft, stattdessen hatten sie einen Stall für

Bioferkel eingerichtet. Die kriegen halt anderes Futter, na und. Man müsse eben mit der Zeit gehen. Nur der Opa, der stelle sich an. Dieses ganze Biogedöns, schimpfe er. Aber da müsse man mitziehen, was bleibe ihnen denn übrig. Demnächst würden sie alles aufrüsten, ein kleiner Hofladen, das wäre ihr Traum. Alles vom Schwein, Schmalz, Wurstwaren, dazu Marmelade. Butter, Eier. Alles Bio. Was sie selbst nicht hätten, könnten sie von den anderen Höfen holen, sie könnten zusammenarbeiten, ein kleines Kollektiv sozusagen. Sie lachte kurz auf. An Kollektive seien sie ja gewöhnt.

Die Landwirtschaft hatten sie aufgegeben für das Gasthaus. Im Haupthaus wohnten sie selbst mit ihren drei Kindern, zusammen mit den Schwiegereltern und dem mürrischen Großvater. Die Mutter koche, erklärte sie, und der Vater kümmere sich um die Schweinezucht. Oben im Gasthof seien ein paar Fremdenzimmer, ein Nebenhaus hatten sie vermietet und im anderen war das Personal untergebracht. Da, wo einst Matze wohnte, dachte ich, mit den anderen Mägden und Knechten, vielleicht, und die dicke Gerda mit der großen Schürze, hinter der sie die Kuchenstücke verbarg, die sie dem kleinen Claus zusteckte. Ich stellte mir vor, wie mein Vater über den Hof streifte, ein kleiner Junge in Knickerbockern mit aufgerissenen Knien und großen Ohren. Wie auf dem Foto, das ihn als Zehnjährigen zeigte, herausgeputzt in einem Hemd mit Marinekragen und betont ernstem Blick, in dem weit mehr lag als die aufmerksame Pflichterfüllung vor dem Fotografen und den dahinter lauernden Eltern. Auch eine Spur von Schalk und Auflehnung und eine unterschwellige Verlorenheit. Ich hatte es mir unzählige Male angesehen.

Wir quartierten uns in einem der Gästezimmer ein. Das Zimmer war einfach und sauber, ein Strauß getrockneter Blumen am Fenster, auf einem schmalen Holztisch, es roch nach Bohnerwachs und Lavendel. Das Fenster hatte Butzenscheiben und gab den Blick frei auf das Haupthaus, einen Bau aus roten Klinkern mit grauen Fugen, alles nicht mehr in bestem Zustand, aber ansprechend, von zurückhaltendem Charme. Wenn ich ehrlich war, hatte ich mich sofort verliebt in das Haus.

Es liegt an dir, es zu behalten, sagte Frieder.

Ich dachte an die rotwangige Pächterin und ihren stillen Mann mit den fast schwarzen Augen. Die drei Kinder, die auf der Treppe saßen, wie Orgelpfeifen, pausbackig und fröhlich, ihr Lachen und ihre Schreie gellten über den Hof.

Und dann dachte ich an jenes Abendessen kaum zwei Wochen zuvor, Hajo und Marlies hatten mich eingeladen, es gab Lammkarré mit Thymian, ich erinnerte mich deutlich an den Geruch, der aus der Küche drang und mich sofort einwickelte. Hajo, der mir entgegenkam, sich die Schürze abnahm und mir in der ihm üblichen Nonchalance aus der Jacke half. Wie er sich mit dem Handrücken über die vom Küchendunst feuchten Schläfen strich. An der Stirn hatte sich eine Locke gekringelt. Es war noch ungewöhnlich warm für einen Abend Ende August. Hajo mit seiner wohl klingenden Stimme, wie er während des Essens plötzlich anfing, du musst verkaufen, das ist das Beste jetzt, die Zeiten sind günstig. Was ich denn wolle mit diesem alten Hof, zerfallende Substanz, was ich da reinstecken müsse eines Tages.

Hajo wird schon wissen, was er dir rät, die wispernde Stimme meiner Mutter. Du kannst ihm vertrauen. Schließlich kennt er sich aus.

Dann der Umschlag der Stimmung, Hajos Gesichtsausdruck, der sich schlagartig verdunkelte, ohne Übergang, ohne Warnung. Dieser schwarze Blick, wie ich ihn heimlich nannte, den ich fürchtete von klein auf. Wenn der ganze Liebreiz aus seinen Zügen wich und jeder Muskel sich verhärtete. Der kalte Glanz in seinen Augen, eisig, unberechenbar. Ich spielte mit der Serviette auf meinem Schoß. Wenn du nicht verkaufst, sagte Hajo, brauchst du nicht mehr auf mich zu zählen. Er habe keine Lust mehr, sich mit Mieten und Pachtzinsen herumzuschlagen oder mit irgendwelchen Maßnahmen zur Rettung des Maroden. Diese seien unzulänglich, allesamt. Er musste meinen Widerstand gespürt haben, von Anfang an. Er schlug mit der Faust auf den Tisch.

Meine Mutter zuckte zusammen, sie nahm eine geduckte Haltung an. Inmitten der fast unerträglichen Stille, die daraufhin folgte, erhob sich Hajo und ging hinaus. Dass er gerade selbst dringend Geld brauchte, davon hatte er nichts gesagt.

Frieder ließ sich auf das große Bett fallen, er war erschöpft nach der langen Fahrt. Auch einen Kerl wie ihn haute es irgendwann um. Ich legte mich zu ihm, die Matratzen waren weich und federnd. Im Vorhang hatte sich eine Biene verfangen, ihr Summen begleitete uns, während wir allmählich zusammenrückten. Frieder legte seine große Hand auf mein Gesicht, für einen Moment fühlte ich mich geschützt vor der Wirklichkeit.

Ich hatte Hajos Druck längst nachgegeben.

17

Nicht nur ich selbst hatte Angst vor Hajo, auch meine Mutter. Er hatte wunderbare Momente, dann sprühte er förmlich, und so, dachte ich, musste mein Vater ihn erlebt haben, irgendetwas musste sie verbunden haben. Er musste etwas an sich gehabt haben, etwas Ansteckendes. Aber ebenso tief reichten seine Abgründe. Er konnte aufstehen inmitten einer Abendgesellschaft und

Rilke zitieren, mit Inbrunst und Zungenschlag, und meiner Mutter rotweinselig seine Liebe erklären. Dann wieder konnte er sich im Beisein anderer über meine Äderchen auslassen, die unter der dünnen Haut hervortraten, über meine langen Beine mit den zu weichen Knien. Er konnte verletzend sein. Mal lobte er meine Schönheit, ganz wie die Mutter, sagte er dann, er strich mir über die Schultern, über die Hüften. Lächelte und ließ mich stehen. Ein anderes Mal wieder fixierte er mich in einer geradezu beunruhigenden Hartnäckigkeit, aber ohne mich wahrzunehmen. Als schaute er durch mich hindurch. Heftete so lange seinen Blick auf die von mir als unzulänglich empfundenen Körperteile, bis ich beschämt aus dem Zimmer ging.

Mit Beginn meines Studiums war ich nach Freiburg gezogen, weg von Hajo, weg von meiner Mutter und ihrer zunehmenden Schwermut, weg von den heimlichen Blicken, mit denen sie meine Bewegungen verfolgte, sobald Hajo im Raum war. Weg von Hajos Wutausbrüchen. Und weg von seinen unkalkulierbaren Launen. Durch meinen Auszug hatte ich mich aus der Schusslinie genommen, so dachte ich, aber dem war nicht so, Hajo holte mich immer wieder ein.

Vordergründig hatte ich mich eingerichtet in meinem Studentenleben, ich ging brav in meine Vorlesungen, begann nebenher Rezensionen zu schreiben, manche wurden sogar gedruckt. Ich hatte Jule, zwischendrin ein paar Männerbekanntschaften. Irgendwann lernte ich Frieder kennen, mit dem ich ab und an schlief. Aber immer wieder tauchten meine Eltern in meinen Träumen auf, mein Vater in seinem zu großen Jackett, wenn er sich aufmachte in die Stadt, zu seinem Professor, wie Mutter sagte, die verschlossene Tür am Morgen nach seinem endgültigen Verschwinden. Ich kam aus dem Haupthaus gelaufen an jenem Morgen und Mutter rannte schreiend hinter mir her, geh weg, Carla, bleib stehen. Sie hielt mir die Augen zu und zog mich zurück ins Haus. Aber ich hatte sie längst gesehen, die Männer in ihren weißen Schutzanzügen, die aussahen, als wären sie gerade aus einem Raumschiff gestiegen, und die ein Band spannten um unser kleines Haus, das flatterte im Wind, rot und weiß. Ein Absperrband. An der Hofeinfahrt stand ein Polizeiauto, ein Kastenwagen, und in der Ferne war ein Krankenwagen entschwunden. Ein Martinshorn hörte ich nicht. Aber in meinen Träumen, da hörte ich es, regelmäßig, auch die Stimme von Hajo, wenn er losbrüllte, ich hörte meine Mutter weinen, ganz still vor sich hin und ich sah ihre rot geränderten Augen unter der Sonnenbrille in Dagmars Laden. Das Rattern der Nadel, wenn sie mit Hajo gestritten hatte, seine aufgestülpten Lippen, wenn er hässliche Kommentare ausstieß. Manchmal, da hasste ich ihn.

Und immer wieder jener Abend im Frühjahr, es war lange her. Er hatte das Kaminfeuer angemacht, die

Nächte waren immer noch kalt. Den ganzen Tag über war ich mit meiner Mutter in Freiburg gewesen, die Sonnenstrahlen hatten sie hinaus in die Stadt getrieben. Ich sollte eine Hose bekommen und ein Kleid, ein paar Schuhe vielleicht. Im Nachhinein dachte ich, sie hatte mich ablenken wollen oder trösten, entschädigen für den Tag zuvor, jenen Nachmittag, als ich mit Hannes im Gras lag, die beiden Kaninchen im Arm. Als Hannes sich über mich legte, nur zum Spaß und Hajo kam und ihn anbrüllte, wir seien zu jung für solche Spielchen. Danach hatten sie fürchterlich gestritten, Hajo und meine Mutter, ich hatte mir die Ohren zugehalten, daran erinnerte ich mich noch. Dann war ich ins Haus gelaufen und den Rest des Tages in meinem Zimmer geblieben.

Am nächsten Abend erwartete uns Hajo gut gelaunt, er war gerade dabei ein Holzscheit nachzulegen, aus der Küche roch es nach Braten. Wir hatten Hunger nach unserer Einkaufstour, meine Mutter und ich. Ich hatte ein Hütchen bekommen, das ich jetzt stolz präsentierte. Ich defilierte an Hajo vorbei, quer durch das Wohnzimmer, wie auf dem Laufsteg. Er zwinkerte mir aufmunternd zu. Ich wollte ihm die anderen Sachen zeigen, die Schuhe, ich packte alles aus. Schön, sagte er, alles sehr schön. Da wird die junge Dame noch bezaubernder aussehen. Danach tischte er das Essen auf, es schmeckte mir, ein ganz besonderes Fleisch. Alles war wieder gut, dachte ich, er war nicht mehr böse. Es war ein guter Tag, auch meine Mutter lachte und das Kaminfeuer rötete ihre Wangen. Hajo zog sie zu sich auf den Stuhl, er lächelte mich verschwörerisch an. In dem Moment hatte ich ihm fast verziehen, dass er Hannes verjagt hatte, alles.

Später lag ich in meinem Bett und konnte nicht einschlafen. Plötzlich fiel mir ein, dass ich vergessen hatte, nach den Kaninchen zu sehen. Ob Hajo ihnen zu fressen gegeben hatte? Ich schlich hinunter und vors Haus bis zu dem selbst gezimmerten Stall, mit meiner Taschenlampe. Als ich in den Käfig leuchtete, war nur eines drin, Pauline, sie fehlte. Ich rannte zurück zum Haus, ich schrie, wo ist Pauline, rief ich, sie ist weg. Ich stolperte, ich fiel, ich schrie. Ein kreischendes Mädchen in einem weißen Nachthemd, so hatten sie mich vorgefunden, bäuchlings auf der Schwelle liegend. Meine Mutter voran, Hajo wie torkelnd hinterdrein. Pauline ist weg, ich hob den Kopf. Ein kurzer Blick nur und ich wusste Bescheid. Als hätte ich die ganze Zeit schon geahnt, was passiert war. Die entsetzten Augen meiner Mutter, sie drehte sich zu Hajo um. Wie sie ihn ansah. Ein einziger Vorwurf. Er richtete sich auf.

Es war Hase, sagte er leise.

18

Jetzt saß ich bei Frieder in der Werkstatt und stellte mir den Hof vor, meinen Hof, wenn ich ihn behalten hätte. Ich sah ihn mit Schnee auf den Dächern, in den goldbraunen Farben des Herbstes, Laubhaufen neben den Ställen, ich sah Veilchen und Narzissen und Gräser, die sich durch die gepflasterten Wege schoben, späte Rosen, die sich am Mauerwerk emporrankten, am Zenit ihrer Blüte. Ich spürte die vor Hitze zitternde Luft im Hochsommer. Hätte ich ihn doch nur behalten damals, dachte ich. Vielleicht wäre ich eines Tages hingezogen, weit weg von Hajo. Frieder, vielleicht wäre er mitgekommen. Marlene würde auch dort groß werden, sagte ich mir, und sicher nicht schlechter.

Ich brauche das Geld, wiederholte ich noch einmal, diesmal leise, ich brauche es jetzt. Frieder legte mir eine Hand auf den Bauch. Marlene bewegt sich, sagte er. Du solltest dich nicht so aufregen.

Ich hatte mich immer nur weg gewünscht, dachte ich. Immer nur weg von dort, wo ich war. Seit meiner Englandreise hatte ich mich in England gesehen, irgendwann, mal sah ich mich in London, in der Anonymität der Großstadt mit ihren zuckenden Rhythmen und Farben, dann wieder in einer Idylle in Wales oder Cornwall, ich stellte mir Cottages vor, kleiner als Hajos Hof, aber voller Geheimnisse, dann wieder eine Küstenlandschaft mit zerklüfteten Felsen.

Ich schaute auf die staubigen Scheiben der Werkstatt. Im Haus gegenüber machten sich drei Männer über einen Pizzakarton her, ich tippte auf Family Size. Ob wir das auch einmal bräuchten?

Eine Familie, vielleicht. Aber nicht so, wie ich sie kennen gelernt hatte, oder wie alle sie lebten, wer weiß. Kein Leben unter einer Glasglocke, davon hatte ich genug. Zeit meines Lebens hatte ich mich weg gewünscht und war kaum weiter gegangen als in die Mensa oder in Frieders Werkstatt.

Plötzlich widerte ich mich selber an.

Wenigstens dieser Hof im Osten, dachte ich. Wenigstens eine alte Landschaft, die der Flurbereinigung getrotzt hatte.

Ich hätte nur eines der Nebenhäuser verkaufen können, sagte ich, und die Scheune.

Du hast aber alles verkauft, das ist nicht mehr zu ändern. Lass es gut sein. Du musst nach vorne denken.

Nach vorne denken. Wie sollte ich denn nach vorne denken, wenn mein Stiefvater mir Tausende von Mark schuldete und nicht die geringsten Anstalten machte sie zurückzuzahlen. Einem nackten Mann greift man nicht in die Tasche. Dass ich nicht lache.

Die Grundfinanzierung meiner Wohnung hatte ich geleistet, ja, dafür hatte es gut gereicht. Aber die monatlichen Zahlungen zur Tilgung und die ganzen Anschaffungen, die anstünden. Langsam wurde es eng. Marlene hatte noch nicht einmal ein Bett. Keine regelmäßigen Einkünfte.

Du kannst einen Kredit aufnehmen, sagte Frieder.

Ich sah Frieder zu, wie er mit flinken Bewegungen die Kochplatten säuberte, den Boden fegte, schließlich den Müll zusammenband und ihn draußen vor die Tür stellte. Ein angenehmer Wind kam herein, plötzlich merkte ich, wie erschöpft ich war.

Du kannst gerne noch bleiben, sagte er, während er ein neues Fahrrad aufbockte. Und ich blieb sitzen und sah ihm weiter zu, wie er die Reifen inspizierte, die Ventile, alles auseinandernahm und neue Mäntel aufzog. Und ich musste daran denken, wie ich das erste Mal bei ihm war, zuerst in der Werkstatt, der alten, irgendwann später dann in seiner kleinen Wohnung in der Klarastraße. An die erste Nacht musste ich denken und an den Morgen danach. Ich war gerade aufgewacht, er hatte mir einen Kaffee hingestellt. In der Ecke im Morgenlicht stand das Klavier. Unzählige Staubpartikel flirrten in der Luft in dem Lichtstrahl, den die Frühsonne warf, und lagen in einer feinen Schicht auf dem schwarz glänzenden Korpus. Ich fragte ihn, ob er mir etwas vorspiele.

Wie denn, sagte er. Dann zeigte er auf seine Narbe am rechten Zeigefinger. In diesem Finger habe ich gar kein Gefühl mehr. Wieder angenäht, sagte er. Die Hunde. Mit einem Finger zu wenig kann man nicht spielen.

Wozu hast du dann das Klavier?

Es sieht gut aus, etwa nicht? Er schaute mich herausfordernd an.

Nein, sagte er schließlich, es steht für das, was das Leben mir vorenthalten hat. Er zögerte, offenbar haderte er mit sich, ob er weiterreden sollte.

Man kann auch nicht studieren, sagte er dann, wenn man nur einen Hauptschulabschluss hat. Und mit einem Onkel, der Rottweiler züchtet, legt man sich besser nicht an.

Kurz darauf hatte er mich gebeten zu gehen.

Ich hatte einen Studienabschluss, dachte ich jetzt, und alle zehn Finger, und mehr Geld als Frieder, trotz allem. Und mein Stiefvater hielt sich auch keine Rottweiler, nur Hunde wie Hektor, einen freundlichen Deutsch Kurzhaar, der mich mochte wie ich ihn. Er war lange schon tot. Dafür einen Morgan, ein Segelboot, ein paar kostspielige Hobbys. Nicht zu vergessen den Sportwagen. Und eine Frau hielt er sich, die sich für ihn verbog, nur für ihn, so wie eine Pflanze sich der Sonne entgegenreckte. Nur dass das Bild nicht mehr stimmte, schon lange nicht mehr, da meine Mutter sich längst nicht mehr nach Höherem streckte, sondern zusehends in sich zusammenfiel, als wäre sie knochen- und knorpellos.

Nach vorne denken. Ich würde es versuchen, dachte ich, trotz allem.

19

Weißt du noch, die Geschichte mit der Apfelsaftflasche?

Ich hatte lange darüber nachgedacht, wie ich das Gespräch beginnen sollte. Wir saßen in dem alten Café in der Bertholdstraße, im ersten Stock, unten fuhr bimmelnd eine Straßenbahn vorbei. Gerade in der Fußgängerzone gab es immer wieder Leute, die unvorsichtig auf die Schienen sprangen, dachte ich. Ich hatte eine schnelle Eröffnung gewählt, einen Schäferzug gewissermaßen, wie beim Schach, in medias res. Meine Mutter rührte in ihrem Kakao, sie schaute irritiert auf. Ich war mir nicht sicher, ob sie sich nicht erinnern wollte oder ob sie es tatsächlich nicht begriff.

Wir haben in der Küche gespielt, erklärte ich. Ich war aus Versehen aus meinem Hausschuh getreten, Hajo hob ihn auf, nahm ihn und warf ihn an die Decke, dann warf er ihn zu mir, ich fing ihn auf und so weiter. Du wolltest dazwischen gehen, sagte ich, du fandst es gar nicht lustig.

Meine Mutter umklammerte nachdenklich ihre Tasse.

Du sagtest, wir sollten aufhören damit. Irgendwann fällt noch etwas um, sagtest du.

Ob sie es verdrängt hatte? Ich erinnerte mich an jedes Detail.

Typisch Mütter, hatte Hajo gesagt, er hatte sie nachgeäfft: Irgendwann passiert noch was, ich seh es noch kommen. Er lachte, er war geradezu ausgelassen. Er begann mit den Hausschuhen zu jonglieren.

Ich überlegte, ob ich Marlies weiter auf die Sprünge helfen sollte. Offenbar wollte sie sich nicht erinnern.

Ist ja egal, sagte ich schließlich.

Doch, warf meine Mutter plötzlich ein, sie glaube, sie wisse jetzt, was ich meine. Die Flasche, irgendwann sei sie heruntergeflogen. Jetzt erinnere sie sich. Die Hausschuhe mit den Punkten drauf, hellblau. Ich sei in eine Scherbe getreten, danach. Was für eine Sauerei. Überall Scherben, alles klebte.

Meine Mutter lächelte gekünstelt. Ich habe die Hausschuhe gleich eingeweicht, sagte sie, aber nichts mehr zu machen. Schade.

Ja, schade, sagte ich. Sie waren hübsch. Wir haben sie weggeworfen. Aber das meinte ich nicht.

Ich merkte, wie meine Mutter unruhiger wurde. Wie um sich festzuhalten, griff sie nach den Einkaufstüten neben sich auf der Bank.

Was meintest du dann?, fragte sie.

Nichts, egal. Die ganze Geschichte eben.

Die Kellnerin kam vorbei und rettete mich vor weiteren Erklärungen. Ich bestellte ein Stück Apfelkuchen und ein Glas Wasser.

Die Sache ist die, sagte ich schließlich, ich brauche Geld.

Meine Mutter griff sofort nach ihrer Handtasche.

Nein, Marlies, ich brauche richtig Geld. Ich brauche das Geld, das mir gehört. Mein Geld.

Meine Mutter erschrak. Sie begann, nervös mit ihren Fingern zu spielen.

Du weißt genau, warum ich mit dir rede. Ich habe diese Wohnung gekauft. Er hat mir zugesichert, dass er es mir bald zurückzahlen würde. Ihr hattet von einem Engpass gesprochen, einem vorübergehenden. Du warst dabei. Du hättest es wissen müssen.

Wie hätte ich das ahnen können. Meine Mutter hob hilflos die Arme, sie rang nach Rechtfertigungen. Was so ein Haus alles schlucke, allein die Heizung, die Instandhaltung, auch gesundheitlich, er habe weniger gearbeitet in der letzten Zeit, so was mache sich sofort bemerkbar, wenn man selbstständig sei. Sie zögerte. Immerhin habe Hajo mir die Hälfte meines Studiums finanziert.

Ja, warf ich ein, bis zu meiner Erbschaft. Und einen Teil davon hat er sich sofort einbehalten, um sozusagen rückwirkend wieder reinzuholen, was er in sein Stieftöchterlein investiert hat. Das Haus, die Heizung, dass ich nicht lache.

Ich musste mir in Erinnerung rufen, wie schwach meine Mutter war, ich musste sie mir nur ansehen, wie sie da vor mir saß, so ganz ohne Knochen, so schien es, so bleich, ohne eigene Substanz. Hajo hatte Recht, wenn er sie konturlos nannte, das war sie, just in diesem Moment. Wenigstens in diesem Punkt musste ich ihm Recht geben. Eben noch war sie dagesessen wie eine Ikone aus einer anderen Zeit, anmutig, stolz, eine Audrey Hepburn in Rotblond, etwas in die Jahre gekommen, ja, aber voller Würde und Eleganz. Bis ich die Apfelsaftflasche hervorholte, die hätte sie gerne vergessen, wie all die anderen Geschichten, über die man nicht sprach, angefangen mit dem Verrat an meinem Vater, den man in seinem Häuschen sitzen ließ, all die Entgleisungen Hajos, dem sie trotz allem die Treue hielt, seine Wutausbrüche, die Spur der Verstörung, die er hinterließ, vergessen, vielleicht, verdrängt, aber allgegenwärtig in mir.

Im Gegensatz zu meiner Mutter, die sich offenbar nicht erinnern wollte, erinnerte ich mich sehr genau an die Apfelsaftflasche. Hajo hatte angefangen mit meinen Hausschuhen zu jonglieren, er tanzte in der Küche herum wie Rumpelstilzchen um sein Lagerfeuer. Er lachte, ich jauchzte. Irgendwann zog er seine eigenen Schuhe aus und warf sie nach oben. Meine Mutter hatte ihre Versuche, uns zu bändigen, längst aufgegeben, sie stand kopfschüttelnd im Türrahmen, irgendwann hatte sie angefangen mitzulachen, sie hatte sich anstecken lassen. Bis ein Wurf danebenging und die Apfelsaftflasche mitriss, die auf der Anrichte stand. Sie hatte es vorausgesehen, am Ende hatte sie Recht behalten.

Dummerweise war ich es, die so unglücklich geworfen hatte. Zuvor hatte ich versucht, Hajo meinen Hausschuh zu entreißen, ich zog, er hielt dagegen, noch war es ein Spiel, aber plötzlich war das Spiel mir entglitten. Ich hatte geworfen, ohne zu zielen. Ich weiß nicht, worüber ich mehr erschrak, über den ohrenbetäubenden Knall, als die Flasche auf dem Steinboden zerschepperte, oder über die Scherben, die sich mit der klebrig-gelben Flüssigkeit auf den Fliesen verteilten und in die ich hineintrat. Oder über die Beschimpfungen meines Stiefvaters, die wie ein Nachbeben durch die Küche grollten, nachdem die erste Schrecksekunde verstrichen war. Du blödes Menschenkind, brüllte er, pass doch auf, wo du hinwirfst. Clara Gehrke, zu blöd zum Blödeln. Und dann tritt sie auch noch rein in die Scheiße. Als er sah, dass ich mich verletzt hatte, wurde er noch lauter, er brüllte, als wolle er das ganze Haus zusammenschreien, als würde er alles herausbrüllen, was sich je in ihm angestaut hatte. Als sollte jeder hören, was für eine dumme Gans ich war, die er da heranziehen musste, meinem Vater zuliebe, dem er dies schuldig war, und meiner Mutter, die wie angewurzelt dastand, unfähig einzugreifen. Ich hatte diese Szene vor Augen, als sei sie gestern passiert, so deutlich, dass es wehtat.

Nach dem Unfall hatte meine Mutter mich verarztet, sie hatte mir über die Haare gestrichen, dann hatte sie vorsichtig eine Scherbe aus meinem Fuß gezogen, ein tapferes Mädchen, sagte sie. Ich hätte so schön stillgehalten. Hajo sei etwas impulsiv, das wisse sie, jähzornig manchmal, gewiss, aber ganz tief drin, da sei er ganz weich. Das habe auch mein Vater gewusst, drum war er sein Freund. Sie hatte die Wunde gereinigt und ein Pflaster draufgeklebt. Dann hatte sie schweigend die Küche ausgewischt.

Ich wartete einen Moment, überlegte, was ich ihr jetzt sagen sollte. Ich betrachtete meine Mutter. Sie wirkte hilflos, wie ein verschrecktes kleines Mädchen, das sich an seinem Kakao festhielt. Jetzt hatte ich wieder Mitleid mit ihr.

Und der Morgan, fragte ich, und das Segelboot? Vielleicht kannst du mal mit ihm reden.

Ja, vielleicht, sagte meine Mutter. Sie klang nicht sehr überzeugt.

Sie selbst habe ein wenig angespart über die Jahre, sagte sie dann, mit ihrer Näherei, ein paar private Aufträge, Maßanfertigungen, Änderungen. Vielleicht würde mir das ja weiterhelfen.

Danke, sagte ich. Schon gut.

Früher sei er anders gewesen, ganz anders. Meine Mutter seufzte und schaute gedankenverloren aus dem Fenster. Ein heller Zug spielte jetzt um ihren Mund, sie lächelte. Wer weiß, in welchem Film sie gerade war, in einem schönen, so schien es. Schöner als ihr Leben jetzt. Ich wollte sie nicht stören in diesem Moment der Rückschau. Da drehte sie sich abrupt um.

Was genau meintest du vorhin?, fragte sie. Das mit der Saftflasche.

Da hätte ich mir einmal gewünscht, sagte ich, dass du für mich einstehst. So wie ich es mir jetzt wünsche, dachte ich. Dass du mich beschützt.

In gewisser Weise hatte sie das getan, damals, auf ihre Weise. Innerhalb ihrer Möglichkeiten. Kleine Gesten, ein Händedruck, ein Streicheln, die Wärme in ihrem Tonfall. Aber es reichte nicht.

Wusstest du, dass er sich damals bei mir entschuldigte?

Sie schien erleichtert.

Ja, sagte ich, am nächsten Morgen. Er ist jähzornig. Das weißt du ja.

20

Marlene kam am 5. Mai 1994 zur Welt, kurz nach meinem 28. Geburtstag.

Natürlich wollte meine Mutter bei der Geburt dabei sein, aber ich hatte es mir verbeten. Ein paar Stunden später saß sie dann bei mir am Wochenbett, bewaffnet mit einer kleinen Nagelschere, mit der sie dem Säugling eine erste Haarprobe entnahm, eine Locke hätte man dieses winzige Stück Flaum nicht nennen wollen. Das Wunder des ersten Tages, sagte sie, blickte verklärt auf das kleine Gesichtchen, das sich gerade zu einer Grimasse verzog, und ließ ihre bescheidene Ausbeute in ein Zellophantütchen gleiten. Für das Album, sagte sie. Marlene ballte die Fäustchen. Ich überlegte, ob von mir auch so etwas wie eine Haarlocke existierte. In der Schreibtischschublade war ich einmal auf ein paar Milchzähne gestoßen, aufbewahrt in einer kleinen, mit Seidenpapier ausgelegten Holzschachtel. Ich fragte mich, wo die Schachtel wohl hingekommen war.

Meine Mutter hatte Geschenke angeschleppt, mit denen sie die ganze Station hätte versorgen können. Sie wedelte mit diversen Stofftierchen vor Marlenes Gesicht herum, ein paar seltsame Laute brabbelnd, wie sie im Umgang mit Säuglingen wohl üblich waren, und schien dabei zu übersehen, dass Marlene noch nicht einmal die Augen offen hatte, um ihre zukünftigen Spielgefährten zu würdigen. Bei einem der Tierchen hatte Marlies kurz innegehalten, einem ganz weichen Hasen mit langen Ohren, sie strich ihm etwas fahrig über das Fell. Der sei von Hajo, sagte sie. Hajo fühle sich nicht wohl heute. Er werde dann ein andermal kommen. Als kurz darauf Frieder im Krankenzimmer erschien, verabschiedete sie sich hastig.

Hajo kam auch ein andermal nicht, er kam gar nicht ins Krankenhaus. Er kam auch nicht zu uns nachhause. Dafür kam meine Mutter täglich, mit immer neuen Erklärungen, mal war es die Unpässlichkeit, mal die Arbeit, bis ich ihr eines Tages über den Mund fuhr, sie solle endlich aufhören, mich mit Hajos Befindlichkeiten zu malträtieren, er würde schon wissen, warum er nicht komme, ganz genau, und ich selbst wisse es auch. Und das Einzige, was mich interessiere, sei das, was er mir schulde. Mein Geld.

Meine Mutter kam täglich und mit jedem Mal fuhr ich ihr mehr über den Mund, sie schien alles zu wissen, die perfekte Mutter eines Mädchens, nur dass sie die Mutter nicht war und ich wie abgeschaltet neben ihr stand und ihr zusah. Marlies in ihren mütterlichen Handlungen, wie sie durch die Wohnung fegte, mit dem Kind auf dem Arm, ohne Kind, hier und da etwas zurechtzupfte und säuberte, bepuderte, besprühte, verniedlichte, bis ich irgendwann aus dem Zimmer musste, aus der Wohnung, bis meine Wut sich in Worten erbrach, irgendwann, und sie verständnislos von dannen zog. Ich weiß nicht, Marlene, Lenchen, was deine Mama hat, aber dann geh ich halt.

Ich saß auf einer Bank in der Wiehre, ich saß im Schatten. Es war warm und der Weg unter meinen Füßen staubig, es hatte lange nicht geregnet. Der Stadtteil lag wie ausgestorben, in meinem Rücken der alte Wiehrebahnhof, ab und zu kam ein Radler vorbei, Spaziergänger nur wenige. Zu heiß, dachte ich, da will keiner auf die Straße. Marlene schlief in ihrem Wagen, ich schob ihn vor und zurück, immer wieder, in monotoner Gleichmäßigkeit, der Wagen schaukelte, vor und zurück, ganz langsam. Ich schaute auf meine Füße, auf die staubigen Zehen in meinen Sandalen. Ich hatte Durst, aber ich war unfähig, meine Position zu ändern. Ich hätte nur nach der Wasserflasche greifen müssen im Netz vor mir. Aber ich ließ es sein. Die staubigen Zehen und der Sommer und die immer gleiche Bewegung der Räder. Mir war, als würde die Zeit stehen bleiben, jeden Moment.

Als kleines Mädchen hatte ich einen Puppenwagen aus hellem Korb. Darin lag meine Anna in einem Bett aus weißen Kissen. Ich achtete stets darauf, dass ich sie zudeckte, auch an heißen Tagen. Auch im Sommer nach Vaters Tod. Meine Mutter hatte mir versprochen, mit mir und Anna spazieren zu gehen, einmal ums Haus, dann die Wiese hoch Richtung Wald und wieder zurück. Du darfst auch mal schieben, hatte ich gesagt. Wir waren losgegangen, meine Mutter schob den Wagen, wir machten einen Bogen um das Haus meines Vaters, wir sprachen nichts, meine Mutter nicht und ich nicht, aber meine Hand lag auf ihrer, ich sagte, ich helfe dir beim Schieben. Und ich erinnerte mich, dass es sich gut anfühlte, meine kleine Hand auf ihrer. Wir waren gerade dabei, das Grundstück zu verlassen, als Hajo vorfuhr. Meine Mutter hörte auf zu schieben, Hajo öffnete die Fahrertür und rief ihren Namen, er stieg aus und schwenkte einen Einkaufskorb. Meine Mutter ließ den Puppenwagen los. Er ist gut gelaunt, sagte sie. Ich spürte die noch warme, klebrige Stange unter meiner Hand, dort, wo bis gerade die Hand meine Mutter gewesen war. Den Spaziergang, sagte meine Mutter, den machen wir morgen. Deine Anna ist ja schon eingeschlafen, sagte sie noch, schau mal, wie schön sie schon schläft. Ich schob meine Anna noch ein paar Schritte weiter Richtung Wiese, dann wendete ich. Hinter dem Haus meines Vaters hatte sich ein Rest des Absperrbandes verfangen, orange mit weiß, es hing in einem ausgedörrten Busch. Ich steckte es in das Täschchen meines Trägerkleides.

Jetzt lag Marlene im Kinderwagen vor mir, nicht Anna. Sie gab ein paar kehlige Laute von sich, ich schaukelte sie, sie beruhigte sich wieder. Und wieder einmal dachte ich daran, Dagmar zu besuchen, ein Glas Tee in der kleinen Schneiderei, vielleicht wäre es kühl bei ihr, sicherlich kühler, als auf dieser Bank hier am Straßenrand. Sie würde mir von meinem Vater erzählen, vielleicht, dachte ich. Sie würde mich überrascht ansehen, und sie würde nach dem Vater von Marlene fragen, womöglich, vielleicht auch nicht.

Ich würde wieder nicht zu Dagmar gehen, dachte ich. Es würde wieder nur ein Gedanke bleiben, an dem ich mich festhielt.

Ich hatte meiner Mutter immer noch nicht gesagt, wer Marlenes Vater war. Ein einziges Mal nur war sie

Frieder begegnet, noch vor der Begegnung im Krankenhaus. Das war auf der Terrasse des Anthroposophencafés gewesen, in der Gerberau. Er war zufällig am Nebentisch gesessen. Mein Freund oder so ähnlich, hatte ich gesagt, so hatte ich ihn ihr vorgestellt. Meine Mutter hatte irritiert aufgeschaut, zunächst, aber Frieders Lachen war gewinnend, wenn er wollte. Sie hatte nicht weiter nachgefragt.

21

Ende September packte ich meine Sachen und fuhr mit Marlene nach Meersburg. Frieder hatte sich angeboten, uns hinzubringen, aber ich lehnte ab. Der Plan war so einfach wie unausgegoren. Ich würde Marlene meiner Mutter entziehen und damit mich selbst ihrem Einflussbereich. Ich würde eine Zeit lang bei Juliane wohnen, auf den See blicken und alles andere ergäbe sich von selbst.

Die Zahlungsaufforderung, die ich noch am Morgen unserer Abreise im Postkasten fand, steckte ich fast achtlos in die Tasche. Ich versuchte mir den Schrecken meiner ersten Abmahnung in Erinnerung zu rufen, damals war ich völlig unvorbereitet gewesen. Ich hatte sofort meinen Bausparvertrag aufgekündigt, ein Restguthaben würde mich noch ein paar Monate weitertragen. Dann könnte ich die Lebensversicherung einfrieren, dachte ich. Das bliebe mir immer noch. Ich müsste mit der Bank sprechen, dachte ich und schnallte Marlene in ihren Sitz.

Und wenn nicht? Wenn ich tatsächlich zahlungsunfähig wäre? Was dann? Auf der Fahrt holten mich die Existenzängste wieder ein, Marlene schlief friedlich auf der Rückbank. Draußen flogen die Stoppelfelder an mir vorbei, die lieblichen Hügel Oberschwabens, Dörfer und Häusergruppen, alleinstehende Höfe, wie hingetupft. Und in meinem Kopf ging die Türe auf in die Dunkelheit. Hajos Arbeitszimmer, mein erster und letzter Versuch an mein Geld zu kommen. Der schwere Schreibtisch aus Teakholz, dahinter Hajo, freundlich lächelnd, zu freundlich, als hieße er mich tatsächlich willkommen. Das hatte nichts zu bedeuten, das wusste ich.

Die Fallhöhe, dachte ich, nirgends war die Fallhöhe so hoch wie vor Hajo. Erst war meine Mutter gefallen, dann ich. Aber die Karikatur meines Vaters hing immer noch über dem Sofa. Das Bild des Arbeitszimmers drohte mich zu verschlucken, ich merkte, wie die Karosserie meines Autos zitterte, ich fuhr viel zu schnell. Als würde ich hineingezogen in einen Tunnel, Hajos Gesicht als Fratze, die sich über mich beugte, gleißend hell seine Züge gegen die Dunkelheit, sein dröhnendes Lachen. Ich geb dir das Geld, hatte er gesagt, irgendwann, nachdem alles vorüber war, sein bislang wildester Ausbruch. Nur noch heiße Lava, die mich überlief, so fühlte es sich an. Er hatte mir die Haare in den Nacken gelegt, ganz behutsam. In ein paar Monaten hast du das Geld, hatte er gesagt, ganz sanft seine Stimme. Ich wartete bis heute darauf.

Hajo war nicht berechenbar. Das hatte ich längst erfahren. Und schon Wiebke hatte meine Mutter gewarnt. Alles gäben die Götter ihren Lieblingen ganz, hatte sie gesagt, immer wieder, das sei nicht nur so ein Spruch von Hajo, keinesfalls nur so daher gesagt, nein, das sei nichts als die Wahrheit. Und die Wahrheit all derer, die mit ihm leben mussten. Alle Freuden, die unendlichen, alle Schmerzen, die unendlichen ganz. Ich hatte ihn diesen Satz oft zitieren hören, schon als ganz kleines Mädchen. Wenn ich mir das Knie aufgeschlagen hatte, zum Beispiel, wenn mir etwas kaputt gegangen war, stets hatte er gelächelt dabei und schon damals hatte mich etwas gestört an seinem Lächeln, diese Spur von Ironie, die sich daruntermischte und die ich nicht zu benennen wusste. Schon damals war mir etwas unbehaglich zumute in seinen Tröstungen und ich hätte nicht sagen können, was genau es war, und nichts wäre mir lieber gewesen als das schlichte »Heile, heile, Gänschen« meines leiblichen Vaters.

Alle Freuden, alle Schmerzen, ganz, was diese Goethesche Wahrheit für Hajo selbst bedeutete, konnte ich viel später erst ermessen. Und niemals hätte ich gewagt zu entscheiden, wer von den beiden ungleichen Männern meiner Mutter nun der Leidendere war, welcher weniger begabt für die Welt, Hajo oder mein Vater. Während mein Vater seine Unfähigkeit öffentlich machte, lebte Hajo sie im Privaten aus, während mein Vater sich der Welt mit Gewalt entzog, hütete Hajo seine Dunkelheit in sich. Seine Schatten, seine Wut, seine Welt in sich. Aber wenn sie dann ausbrachen, konnte nichts sie aufhalten.

Einmal hatte meine Mutter mich nach Waltershofen geholt, ich war noch nicht lange ausgezogen von daheim. Es war ein Abend im Oktober, ich saß über einer Hausarbeit für die Uni. Ich hatte mir Tee aufgegossen, in der Wohnung lag ein Duft von Bergamotte. Als die Türglocke ging, erschrak ich, es war die Glocke der Wohnungstür, nicht die von unten. Ich erwartete niemanden. Im ersten Moment dachte ich, es sei Frieder, er war es nicht. Im Hausflur stand meine Mutter, völlig aufgelöst, ihre Haare wild über das Gesicht verteilt, über dem honigfarbenen Pullover, die Wimperntusche verschmiert. Sie trug weder Mantel noch Handtasche. Komm mit, sagte sie, bitte, schnell. Hajo, sagte sie, du musst kommen. Die ganze Fahrt über brachte ich nichts aus ihr heraus, fast nichts. Wir nahmen ihren Wagen, ich bestand darauf, das Steuer zu übernehmen, sie zitterte, Hajo, sagte sie, er ist verrückt geworden, das war alles, was sie herausbrachte, er ist verrückt geworden, immer wieder, mehr nicht.

Als wir am Haus ankamen, ließ sich die Tür nicht öffnen, also klingelten wir. Wer da sei, ein barscher Ton. Hajo hatte den Vorraum verbarrikadiert. Er ist verrückt geworden, flüsterte meine Mutter, sie war bleich vor Angst. Mit ruhiger Stimme redete ich auf ihn ein, ganz langsam, wir sind es, Carla und Marlies, bitte, lass uns rein, wir wollen dir nichts. Was wollt ihr?, seine Stimme klang fremd und schrill. Gar nichts, sagte ich, nur rein. Bitte mach uns auf. Nach einer Ewigkeit, so dachte ich, begann er hinter der Tür Möbel zu rücken, so hörte es sich an, er schlug eine Schneise in den Vorraum. Das kann jeder sagen, schrillte es von innen, dann lachte er drohend, die Tür öffnete sich einen Spalt. Ich gab meiner Mutter ein Zeichen und gemeinsam drückten wir gegen die Front. Als wir ins Haus stolperten, stand Hajo vor uns, sein Jagdgewehr auf uns gerichtet, mit irren Augen. Meine Mutter schrie, er starrte uns an, einige Sekunden, Minuten, es kam mir vor wie eine Ewigkeit. Schließlich, ganz langsam, veränderten sich seine Züge, er schien sich über sich selbst zu entsetzen, dann ließ er die Waffe sinken. Drehte sich wortlos um und ging Richtung Wohnzimmer. Da saß er dann, zusammengekauert unter seinem Großonkel in Öl, eine Flasche Whiskey vor sich, die aber noch fast voll war. Viel hatte er nicht getrunken. Ich wollte ihm eine Decke bringen, stattdessen verlangte er nach seinem Mantel und einem Arzt. Er ließ sich anstandslos mitnehmen.

Erst später fand ich die Schachtel im Müll, Psychopharmaka.

Wusstest du das?, fragte ich meine Mutter. Jetzt war ich diejenige, die schrie. Wie lange nimmt er das Zeug schon? Warum sagst du mir so etwas nicht? So etwas musst du mir sagen! Meine Mutter sagte gar nichts mehr, sie wimmerte nur noch, und irgendwann, irgendwann in der Nacht, da sagte sie diesen Satz, sie sagte: Was hab ich nur für Männer. Das sagte sie. Und dann begann sie, von ihrer eigenen Mutter zu erzählen.

Sie war gerade dreizehn geworden und auf die Volksschule in Emmendingen gegangen. Es war im Spätsommer. Der Unterricht war gerade aus, die Schüler strömten nach draußen, und am Ende des Ganges stand schon der Langweber Fritz und wartete auf sie. So wie am Vortag auch. Er war zwei Klassen über Marlies. Sie war mit ihren Freundinnen aus dem Klassenzimmer getreten, und da sahen sie ihn schon stehen. Die Freundinnen kicherten, sieh mal, sagten sie, da wartet einer auf dich. Sie konnte fühlen, wie sie rot wurde. Der Fritz war ein hübscher Junge, auch andere Mädchen in der Klasse schwärmten für ihn. Aber es sollte noch schlimmer kommen.

Er empfing sie mit einem breiten Grinsen und steckte ihr einen Apfel in die Tasche. Hier, sagte er, hab ich für dich gepflückt. Unter höchster Gefahr, brüstete er sich. Der Bauer sei schon mit der Mistgabel hinter ihm her gewesen, er sei grad noch über den Zaun gekommen.

Fritz hatte so rote Backen, als wäre er selbst reif, gepflückt zu werden. Er lachte über beide Segelohren. Die Ohren waren das Einzige an ihm, was nicht ganz stimmte, so ein ebenmäßiges Gesicht hatte er. Aber sie standen ihm gut. Er fragte, ob er Marlies nachhause begleiten dürfe. Und dann passierte es. Sie hatten gerade das Schulhaus verlassen, die Freundinnen hatten sich um die Ecke versteckt, Marlies spürte förmlich, dass sie in der Nähe waren und sie beobachteten. Sie wollte sich nicht weiter darum kümmern, sollten sie nur kichern und sich die Mäuler verreißen. Die waren alle nur neidisch.

Aber dann, ganz plötzlich, hatte sie ihre Mutter bemerkt, da stand sie, keine zwanzig Meter vor ihr auf dem Schulhof. Die Mutter winkte kurz, ganz zögerlich, dann schob sie ihr altes, heruntergekommenes Fahrrad an und bewegte sich langsam auf sie zu. Noch nie hatte die Mutter sie von der Schule abgeholt, und jetzt kam sie ihr entgegen, mit ihrem schäbigen Rad, ausgerechnet heute. Verhärmt und blass, über den verrosteten Lenker gebeugt, als müsse sie sich daran abstützen. Mit ihrem altmodischen Kopftuch aus verblichenem roten Leinen. Wie eine alte Frau, dachte Marlies.

Sie hatte sich so geschämt. Das also ist meine Mutter, hatte sie gedacht. Dann hatte sie sich von Fritz losgemacht, sie entschuldigte sich, und noch während sie auf ihre Mutter zuging, hörte sie die Freundinnen hinter ihrem Rücken tuscheln.

Ihre Mutter habe sie nie wieder abgeholt, sagte Marlies. Aber fortan habe sie nur noch weg gewollt von daheim. Sie habe sich so geschämt.

Und warum hat sie dich abgeholt, an diesem Tag?, fragte ich.

Sie war auf dem Markt gewesen, sagte Marlies. Auf dem Rückweg war ihr plötzlich schlecht geworden, sie wäre fast umgefallen. Also dachte sie, ich könne ihr helfen, den Anhänger zu ziehen. Für alle Fälle. Sie hat sich den ganzen Weg über entschuldigt. Wahrscheinlich war sie damals schon krank.

In jener Nacht war ich bei Marlies in Waltershofen geblieben, die ganze Nacht, ich wachte auf einem Schemel neben ihrem Bett. Gegen Morgen dann legte ich mich auf das Sofa im Wohnzimmer, unter den Großonkel in Öl. In mein Mädchenzimmer wollte ich nicht. Schließlich rief ich Wiebke an, sie solle sich um meine Mutter kümmern.

Als ich am nächsten Tag in meine Wohnung trat, brannte noch das Licht an meinem Schreibtisch und es roch nach Bergamotte, immer noch. Nur die Kerze des Stövchens war niedergebrannt.

22

Hajo blieb zwei Monate in der Klinik, freiwillig. In dieser Zeit war meine Mutter anhänglich wie ein junger Hund.

Wäre nicht Wiebke gewesen, die sich ihrer angenommen hatte, in ihrer ruppigen, zupackenden Art, dann wäre sie wohl entweder bei mir eingezogen oder daheim auf ihrem Sofa verkümmert.

Wiebke versorgte nicht nur den mittlerweile steinalten Hektor und das Haus, beziehungsweise ließ Letzteres versorgen, sie nahm meine Mutter auch mit auf Ausflüge und in Gesellschaften, in denen Marlies von Rechen aufblühte wie nach ihrem ersten Tanz mit Hajo. Aber leider hielt die Wirkung niemals an. Kaum war sie wieder zuhause und mit sich allein, fiel sie in sich zusammen wie ein Kartenhaus und alle Röte wich aus ihren Wangen. Schließlich schickte Wiebke meine Mutter auf eine Kur nach Bad Birnau, wo immerhin die verschiedenen Anwendungen ihren Tag strukturierten.

Ich fragte mich oft, warum sie das alles tat für meine Mutter. Und einmal fragte ich sie selbst. Wiebke war gerade dabei, eine Steige Äpfel ins Haus zu tragen, ich war auf einen Spontanbesuch gekommen, weil ich in der Gegend war.

Warum tust du das alles, fragte ich, und sie sagte: Weil ich sonst niemanden habe, für den ich es tun könnte. Und Tiere, sagte sie, habe ich genug.

Und warum noch?

Weil mein neuer Mann sein Auto hat und weiterer Zuwendungen nicht bedarf. Sie lachte.

Du weichst mir aus, sagte ich.

Ja. Stimmt. Sie stellte das Kistchen auf die Stufen

vor die Tür, überlegte ganz offensichtlich, ob sie klingeln sollte oder kehrt machen.

Weil ich ihr diesen Mann eingebrockt habe, sagte sie. Und dir auch. Weil ich es nicht geschafft habe, euch vor ihm zu bewahren. Weil ich zwar gewarnt habe, aber nicht genug. Du wirst deinen Weg noch gehen, Carla, ich hoffe es. Aber deine Mutter geht nirgends mehr hin ohne Hajo. Mit Hajo nicht. Und ohne Hajo erst recht nicht. Das fürchte ich.

Und noch etwas anderes hatte ich Wiebke gefragt. Wo Hajos Familie geblieben sei in all den Jahren, warum nie jemand nach ihm gefragt habe, kein Bruder, keine Schwester, niemand. Seine Mutter und sein Vater waren tot, ja, soviel wusste ich. Aber niemals auch nur einer, der ihn verlangt hätte. In all den Jahren.

Seine Familie komme aus dem Württembergischen, sagte sie. Er habe sich schon früh mit allen überworfen, das Übliche, Geld, Politik, fehlende Loyalität der Familie gegenüber. Lediglich die Schwester habe ihm die Stange gehalten, die habe sie selbst noch kennen gelernt. Eine schöne Frau. Und klug. Mit fünfundzwanzig sei sie an Brustkrebs gestorben, kinderlos. Ein großer Verlust, auch für Hajo. Irgendwo gebe es dann noch einen Halbbruder, der habe sich in Frankreich niedergelassen.

Als Hajos Vater starb, hinterließ er Hajo lediglich seinen Pflichtteil, nicht mehr als dem Halbbruder. Alles andere vermachte er einer onkologischen Stiftung. Auch die Mutter war dem Brustkrebs erlegen, einer besonders aggressiven Form. Aber der Pflichtteil war durchaus üppig. Da müsste schon noch was da sein, Wiebke lachte. Als er mit mir verheiratet war, sagte sie, da hat er zumindest nicht viel davon ausgegeben. Und den Hof habe ich ihm auch überlassen.

Ach, Engelchen, was fragst du. Überall das Gleiche in diesen ehrenwerten Kreisen. Alle waren im Widerstand, wenn man sie fragt, die eine Hälfte stirbt zu früh, die andere ist zerstritten. Und die Sprösslinge werden, wenn sie etwas werden, Juristen oder studieren Volkswirtschaft. Zerbrich dir nicht deinen jungen Kopf mit so was. Lies lieber weiter deine Romane. Das Leben dort ist spannender als bei Königs und Adlaten. Oder geh hinaus in die Welt, das ist noch besser. Aber mach es nicht so wie deine Mutter, und bloß nicht so wie Hajo. Der hat seine Gegenwelt zu daheim im Kopf errichtet, dann ist sie ihm entglitten. Du siehst, was dabei herausgekommen ist.

Und noch etwas, Engelchen. Hajo ist ein Teufel, aber nicht nur. Und dass er einer ist, dafür kann er nichts. Ich will ihn nicht besser machen, als er ist. Er ist eine Zeitbombe. Aber er tickt auch nur so, wie er kann.

Als Hajo an Weihnachten wiederkam, hatte er tiefe Furchen im Gesicht und ein Lächeln, so flüchtig, als hätte er es gerade erst zu nutzen gelernt. Und Wiebke verschwand so plötzlich, wie sie wieder aufgetaucht war.

23

Ich steh' auf hohem Balkone am Turm,
Umstrichen vom schreienden Stare,
Und lass' gleich einer Mänade den Sturm
Mir wühlen im flatternden Haare.

Jule hatte sich das Bändchen gekrallt, das ich auf der Couch hatte liegen lassen, Annette von Droste-Hülshoff. Sie hatte das Zettelchen herausgenommen, das ich mir zur Markierung zwischen die Seiten gelegt hatte und las darin, halb murmelte sie die Zeilen vor sich hin, halb erwartete sie, dass ich ihr zuhörte. Sie saß im Schneidersitz in einem grell-grünen T-Shirt, mit nackten Beinen, die semmelblonden Haare achtlos zusammengebunden. Das muss sie am Bodensee geschrieben haben, sagte sie, oben auf der Burg.

O, sitzen möcht' ich im kämpfenden Schiff,
Das Steuerruder ergreifen,
Und zischend über das brandende Riff
Wie eine Seemöwe streifen.

Eines ihrer bekanntesten Gedichte, sagte ich, Am Turme.

Und weiter, sagte Jule, hör mal: Da könnte man meinen, sie sei eine Emanzipierte, eine von den ganz frühen, unverheiratet, Dichterin, reiselustig, und das um 1850. Und dann liest man so was:

Wär' ich ein Jäger auf freier Flur,
Ein Stück nur von einem Soldaten,
Wär' ich ein Mann doch mindestens nur,
So würde der Himmel mir raten;
Nun muss ich sitzen so fein und klar,
Gleich einem artigen Kinde,
Und darf nur heimlich lösen mein Haar,
Und lassen es flattern im Winde!

Soll sie doch abhauen. Als wäre sie eingesperrt da oben. In Schönheit gefangen. Jule klappte das Buch zu. So wie du in deiner schönen Familie. Sie sprang vom Sofa, um sich umzuziehen. Ende September wurde es selbst ihr langsam kalt.

Nur heimlich lösen mein Haar, sagte sie, wenn es nur das gewesen wäre. Damals beneidete man die Männer noch um ihr Mannsein. Das sollte mir einmal einfallen. Aber ernsthaft, Carla. Du solltest dir das Museum ansehen, die Burg, gerade im Herbst. Warte noch ein paar Wochen, dann ist es Oktober, November.

Dann sind die Touristen weg und der See liegt im Nebel. Allein der Blick, du wirst sehen.

Hier in Meersburg verging kaum ein Tag, an dem meine Mutter nicht anrief. Wann wir denn wiederkämen, wie sehr sie Marlene vermisse, ob sie schon gewachsen sei, warum ich ihr das antue. Gespielte Empörung, die in Wahrheit bitterer Ernst war. Ich genoss die Ruhe, die sich gerade einstellte, Marlene war eingeschlafen, endlich. Aus dem Badezimmer hörte ich die Geräusche des Föns. Jule war von ihrer Frühschicht zurückgekommen, hatte sich geduscht und umgezogen. Sie war immer noch barfuß, als sie zurück ins Wohnzimmer kam, aber jetzt trug sie Jeans zu ihrem weiten Shirt, immerhin. Sie stellte eine Kanne Tee vor mich hin.

Meine schöne Familie, dachte ich. Eine trinkende Großmutter, ja, sie hatte ihr Fett noch abbekommen, die Erna, ein autoritärer Großvater, der zum Tode hin weinerlich wurde, eine Mutter, die sich nie selbst genug war, und ein trauriger Vater, der mich verließ, um mich dem zu überlassen, dem ich misstraute.

Als mein Vater ging, erzählte Juliane, hat meine Mutter wochenlang nicht das Haus verlassen. Sie hätte alle Freiheiten gehabt, alle Zeit der Welt, er hatte sie großzügig abgesichert. Aber sie wusste nichts mit sich anzufangen. Morgens klapperte sie die Spielplätze mit mir ab, redete hier ein wenig und dort, saß auf der nächstliegenden Bank und schaute mir zu, wie ich meine Sandkuchen backte. Dann machte sie mir lustlos mein Mittagessen, stocherte selbst noch lustloser darin herum und brachte mich pünktlich zur Tagesschau ins Bett. Bis diese neue Nachbarin einzog, mit drei Kindern von zwei Männern, alle beide waren in Indien, angeblich. Und sie selbst rannte in wallenden Kleidern durch die Wohnung, alles in Rosa oder Orange, nähte Schuhe aus Autoreifen und predigte ein Leben ohne Besitz. Auf einen Schlag hatte ich drei Geschwister, wie meine Mutter sagte, wir schlugen uns mit Bauklötzen die Schädel ein, die Kinder regulierten sich selbst, so die neue Parole, während unsere Mütter rauchend im Garten saßen oder Seidentücher bemalten. Und aus unserem Reihenhaus wurde allmählich ein Tollhaus, mit fernöstlichen Düften und Windspielen und gemeinschaftlich zelebriertem Frieden. Es gab Urschrei und Tanz und hin und wieder eine Beschwerde aufgebrachter Nachbarn. Wenn Mutters neu gewonnene Freundin nackig durch den Garten lief, zum Beispiel. Oder im Winter die Gehwege nicht geschippt waren. Ich weiß heute noch nicht, wovon diese Frau eigentlich lebte, meine Mutter von meinem Vater, das wusste ich, vermutlich ernährte er die Nachbarin gleich mit. Was war das schon, Besitz. Dazu ein paar spirituelle Sitzungen, Massagen. Zweimal die Woche ging sie putzen im Bhagwan-Zentrum für dynamische Meditation in Hannover.

Als mein Vater drohte, den Geldhahn zuzudrehen und mich zu sich zu nehmen, nötigenfalls per Gerichtsbeschluss, ebbte die Bewegung in unserem Reihenhaus ab. Meine Mutter bezog mit mir eine Wohnung in der Stadtmitte und unser Leben normalisierte sich.

Juliane hatte Sport studiert und Biologie, beides auf Lehramt. Ich erinnerte mich noch gut an die Anfänge ihres Referendariats, als sie mich als Versuchsobjekt für ihre Vorführstunden hernahm. Die Schüler sollten eine Einführung in den rhythmischen Tanz bekommen. Der kleine CD-Rekorder stand auf dem hellgrauen Teppichboden, den man nur mit Strümpfen betreten durfte, aus den Lautsprechern schepperten die zu betanzenden Rhythmen. Jetzt nur die Hüfte bewegen, wies sie mich an, nur aus der Hüfte heraus, ich stand da wie ein Zinnsoldat. Isolierung der Körperteile, schrie sie, das klappt ja mal gar nicht. Irgendwann gab sie es auf. Sie lachte. Die Stunde sei vielleicht tatsächlich falsch konzipiert.

Wie ein Porzellanfigürchen, dachte ich, Hajo hatte Recht, unfähig mich zu bewegen, wie meine Mutter.

Das Referendariat hatte Juliane nicht lange durchgehalten. Schon in der zweiten Schulwoche verdarb sie es sich mit dem Hausmeister, weil sie spontan beschlossen hatte, mit dreißig Fünftklässlern in den Wald zu gehen. So ein schöner Herbsttag, hatte sie gedacht, geradezu ideal für Anschauungsunterricht. Leider hatte es am

Vortag geregnet, und der Dreck, der den Kindern von den Schuhen fiel, zog eine Spur durchs ganze Schulhaus. Juliane wurde zum Schulleiter zitiert. Nach einem halben Jahr gab sie ihr Lehrerdasein auf.

Auf dem Affenberg in Salem schien sie gefunden zu haben, was sie suchte. Sie forschte über die Berberaffen oder stapfte durch die Gehege. Sie konnte ihnen stundenlang zusehen. Ihre Führungen waren unter Insidern legendär. Vermutlich verfuhr sie mit den Touristen ähnlich wie mit mir als Elevin für die Tanzstundenlehrprobe: Sie band sie körperlich mit ein. Sie machte sie buchstäblich zum Affen.

Juliane nahm unvermittelt ihre Schachtel Zigaretten und stellte sich auf den Balkon. Ich beobachtete sie von hinten durch die Scheibe, ihre schmale Silhouette mit den kräftigen Schultern und dem langen Hals. Auch wenn sie neuerdings rauchte – was ihr geblieben war aus ihrer wilden Kindheit, dachte ich, war ein ausgeprägtes Bedürfnis nach Frischluft und Bewegung. Und eine gelegentliche Fehleinschätzung gesellschaftlicher Erwartungen.

24

Und täglich rief meine Mutter an. Ob sie uns besuchen dürfe? Ob wir bald wiederkämen? Nein. Ob sie Marlene mal hören dürfe? Ich hielt Marlene ans Telefon, sie musste gurgeln und schmatzen und weinen. Sie hat gelacht, rief meine Mutter aus, hast du gehört. Sie habe ein Kleidchen genäht, im Übrigen, sie habe noch ein Restchen gefunden, ein besonders bezauberndes.

Ich erzählte ihr, dass ich an einem Artikel arbeitete. Über die Droste-Hülshoff, sagte ich. Ich wolle mir die Burg ansehen und ihr Turmzimmer. Ob sie sich erinnere? Sie sei mit meinem Vater dort gewesen, vor Urzeiten, das habe sie mir selbst erzählt. Die schöne Tapete im Sterbezimmer, ob sie sich daran erinnere?

Ja, genau, so ähnlich sei auch der Stoff für das Kleidchen, mit Streifen. Sie beschrieb mir die Farben.

Marlene sei noch lange nicht groß genug für solch ein Kleid, sagte ich.

Aber sie werde hineinwachsen.

Eine Wespe hatte sich im Vorhang verfangen. Ich beobachtete ihre verzweifelten Versuche, sich zu befreien. Sie war schon gelähmt vom Herbst, dachte ich, nur noch müde die Bewegungen, nur das Summen, wie eine Wespe eben summt. Ich musste an die Biene in Brandenburg denken, an das kleine Gastzimmer, das nach Holz roch und Sommer. An Frieder.

Ich hörte auf zuzuhören, am anderen Ende die Wortfetzen meiner Mutter. Fast hätte sie es geschafft, die Wespe, noch einmal zuckte sie auf, ein letztes Aufbäumen hinter der Gardine.

Hast du mit Hajo gesprochen, fragte ich.

Nein, noch nicht. Er sei nicht so gut drauf.

Ich könne den Sekretär verkaufen, schlug sie vor, Papas Sekretär.

Niemals würde ich den Sekretär meines Vaters verkaufen.

Ich muss aufhören, sagte ich. Da ist eine Wespe im Zimmer. Wegen Marlene.

Der Jugendstil-Sekretär war das Einzige, was mein Vater meiner Mutter vermacht hatte, in seinem Abschiedsbrief hatte er es ausdrücklich so gewünscht. Es war ein Erbstück seines Großvaters. In ihren jungen Jahren hatte Marlies sehr an dem Möbel gehangen, mit Hajo dann waren so viele Antiquitäten ins Haus gekommen, dass es ihr leicht fiel, darauf zu verzichten. Sie hatte ihn mir zum Auszug geschenkt, zum Studium. Vielleicht auch hatte sie ihn schützen wollen vor Hajos Zugriff, dachte ich manchmal. Er stand neben dem Fenster in Vaters Arbeitszimmer, all die Jahre, an die ich mich erinnern konnte, ein heller Punkt in der sonst dunklen Umgebung, das honigfarbene Holz und die glatte Politur. Ich hatte oft darübergestrichen. Nach Vaters Tod stand er eine Weile im Wohnzimmer, dann im Esszimmer. In meiner jetzigen Wohnung war er das Schmuckstück überhaupt. An manchen Tagen mutete er mich an wie ein Altar. Manchmal führte ich heimliche Zwiegespräche mit ihm, ich erzählte ihm von meinen Nöten. Warum hast du mich verlassen, fragte ich meinen Vater und strich über das Holz. Ich erinnerte mich genau an den

Tag, an dem sie mir erklärten, dass sie sich scheiden ließen. Wir verstehen uns nicht mehr, sagten sie, das Übliche eben, was man Kindern so sagt. Das war kurz nach Vaters vorübergehendem Verschwinden. Irgendwann war er zurückgekehrt, er hatte meine Mutter und Hajo vorgefunden, die Sorge meiner Mutter um meinen Vater hatte zusammengeführt, was lange schon schwelte. Ihr Kopf auf Hajos Schoß auf dem Sofa, so hatte ich sie zuvor verlassen, ich hatte das Bild mit nach oben genommen. Später hatte ich ein Geräusch gehört und mich nach unten geschlichen, ich war die ganze Zeit an der Treppe gestanden, hinter der Brüstung. Mein Vater war nachhause gekommen, so musste es gewesen sein, und als er niemanden daheim vorgefunden hatte, war er zu Hajo hinübergegangen. Und da lagen sie. Er stand mit dem Rücken zu mir im Türrahmen, er zuckte zusammen, dann drehte er sich um, wie ein Roboter, und in dem Moment konnte ich sein Gesicht sehen, wie ausgelöscht. Er hatte abgenommen, ja, aber mit dem Gewicht waren seine Züge verschwunden, so schien es, alles Leben war aus ihm gewichen. Ich wollte aufschreien, Papa, wollte ich schreien, aber dann kam mir meine Mutter zuvor. Sie stürzte aus dem Wohnzimmer, Claus, rief sie, wo warst du, mein Gott, was ist nur mit dir los.

Am nächsten Morgen holten sie mich zu sich, und dann sagten sie es mir. Sie sprachen von Trennung, Scheidung und davon, dass sich für mich fast nichts ändern würde. Vater würde in unserem Haus bleiben, nur wir zwei würden zu Hajo ziehen, Marlies und ich. Und ich könnte meinen Vater täglich besuchen.

Aber für mich hatte sich alles verändert.

25

Den ganzen Oktober über blieb ich in Meersburg. Ich arbeitete an meinem Artikel, der sich zu einem größeren Projekt auszuweiten begann, recherchierte, ging mit Marlene am See spazieren und genoss meine neue Freiheit, die trügerisch war. An den Wochenenden kam Frieder vorbei, dann stellte Jule uns die Wohnung zur Verfügung und zog vorübergehend zu ihrem Tierpfleger. Marlene lag in ihrem Reisebettchen und brabbelte und schlief und wir teilten uns die ausziehbare Couch im Wohnzimmer. Es war, als rollten wir uns zusammen gegen die Stürme, die um uns wüteten, die sich über dem See zusammenbrauten oder in unseren Köpfen. Ich vertrieb Frieders Hunde und die von der Kälte gefrorenen Gliedmaßen, abgetrennte Finger und Gebell, all die lieblosen Jahre im Zwinger. Und er hielt mir die Bilder fern, die mich heimsuchten. Es war eine gute Zeit. Wenn nicht die zu leistenden Zahlungen gewesen wären, die mich bedrückten und mich immer wieder daran erinnerten, was zu tun sei.

Kurz vor meiner Abreise nach Meersburg war ich doch noch zu Dagmar gegangen. Es hatte mir keine Ruhe gelassen. Die Ladentür bimmelte, wie eh und je, als wäre die Zeit in der Gerberau stehen geblieben. Aber innen drin war es aufgeräumter, das sah ich sofort, und was mir sofort auffiel, war ein weiterer Arbeitsplatz, der offenbar nicht nur der Ablage von Stoffen und Schnittmustern diente, sondern an dem tatsächlich gearbeitet zu werden schien. Dagmar musste also wieder eine Mitarbeiterin haben oder einen Lehrling. Es roch auch nicht mehr nach Mottenpulver, nur ein zarter Duft von Lavendel lag in der Stube. In diesem Moment erschien Dagmar, sie war über den Hof gekommen, vielleicht hatte sie Müll weggebracht oder in der gegenüberliegenden Ecke ihre Mittagspause eingenommen, die letzten Sonnenstrahlen der Septembersonne im Freien genossen, auf einem der grünen Klappstühle. Früher zumindest waren sie grün gewesen, ich war versucht, meinen Kopf herauszustrecken, um nachzusehen.

Carla, mein Gott. Dagmar kam auf mich zu und drückte mich. Dass ich dich mal wieder sehe, sagte sie. Und deine Mutter, die kommt auch nicht mehr, mein Gott, wie lange ist das her, schon seit Jahren hab ich sie nicht gesehen. Sie nahm mich bei den Schultern und wich ein Stück zurück, um mich zu begutachten. Erst jetzt bemerkte sie den Kinderwagen.

Als kurz darauf ihre Mitarbeiterin eintrat, eine junge Frau mit einem herzförmigen Kopf und roten Wangen, schickte sie diese zunächst einmal in eine verlängerte Mittagspause.

Sie habe sich erweitern müssen, erklärte sie mir, alleine schaffe sie das nicht mehr. Die Leute wären jetzt wieder mehr auf Selbstgenähtes aus, das sei wie mit dem Selbstgestrickten, mal gehe gar nichts, dann wieder sei es hoch im Kurs. Außerdem biete sie jetzt Nähkurse an. Sie habe auf der gegenüberliegenden Hofseite noch einen Raum anmieten können, ganz günstig, da fänden die Kurse statt. Und dann bräuchte sie Marina, so hieß die Rotbackige, für die Stube. Dagmar erzählte vom Auf und Ab in der Schneiderbranche, in ihrem Geschäft, wie sie den Flauten begegnet sei, von ihren immer neuen Ideen zur Selbstrettung, von der liebevollen Unterstützung ihrer Weggefährten und Partner. Sie sprach von beruflicher Leidenschaft und davon, wie sie ein paar Mal schon vor dem Aus gestanden sei, aber doch weitergemacht habe, aus Liebe zu ihren Stoffen und ihren Kunden. Ich hätte durchaus auch etwas anderes machen können, sagte sie, aber ich wollte nicht. Es gab Zeiten, sagte sie, da hätte ich mich darauf zurückziehen können, dass man mir die Last des Geldverdienens einfach abnimmt. Sie lachte kurz auf. So manch einer ihrer Männer habe sie zu überzeugen versucht, ihren Laden hinzuwerfen für ein Leben als Mutter und Ehefrau. Ein Leben in Abhängigkeit, sagte sie, nein, das sei nichts für sie, noch nie gewesen, das möge für meine Mutter das Richtige gewesen sein, woran sie allerdings zweifle, aber niemals für sie selbst. Dagmar rollte mit den Augen und schüttelte sich. Hier, sagte sie und machte eine ausladende Geste in den Laden, immer noch etwas unaufgeräumt, aber gemütlich, mein Imperium. Und vor allem: meins.

Und es werde einem nie langweilig, immer neue Leute, die hereinschneiten, immer wieder Überraschungen, so wie du jetzt, sie lächelte, und ab und zu auch ein netter Mann, dem sie die Hosenbeine abstecke.

Ich konnte meine Augen nicht von ihrem Mund lassen, von ihrem Schönheitsfleck, der ihren Lippenbewegungen diesen zusätzlichen Charme verlieh, jetzt konnte ich die Worte meiner Mutter verstehen. Er war Ausdruck ihres ganzen Temperaments. Sie trug ihre dunklen Haare wieder länger, eine Art Bob mit Fransen. Aber nun zu dir, sagte sie. Und ich begann zu erzählen, was mich umtrieb, die halbe Wahrheit erst, dann die ganze, ich war überrascht, wie leicht es mir fiel.

Und dann sprachen wir über meinen Vater, er habe es nicht verdient, hatte Wiebke gesagt. Das hatte ich immer gewusst, aber nun wollte ich es noch einmal hören, auch von anderen, von Dagmar.

Der Hoffnungsträger der Familie, sagte Dagmar, das sei er gewesen. Mein Großvater habe alles auf ihn gesetzt, erst recht meine Großmutter. Sie hatte sich ihren Reitunfall nie verziehen, der den Zwilling meines Vaters das Leben gekostet hatte, er war kurz danach abgegangen. Nur meinen Vater konnten sie durchbringen. Erna hatte die letzten Monate ihrer Schwangerschaft im Liegen verbracht, mein Großvater im Krieg an der Ostfront. Aber sie hatte sich nie verziehen, dass sie ausgeritten war an jenem Tag, entgegen der Bitte meines Großvaters, sich zu schonen, er hatte sie in den Feldbriefen geradezu beschworen, entgegen der Warnungen, den besonders widerspenstigen Rappen zu reiten.

Ich hatte lange nicht gewusst, dass mein Vater ein Zwilling war. Er war der Übriggebliebene, derjenige, auf den alles gesetzt worden war, alle Hoffnungen, alle Ziele, unter anderem die Vererbung familiärer Größe. Und so sollte er sich auch um die Anerkennung des Familienwappens bemühen, das mein Großvater aus dem Speicher gezaubert hatte, und das, wie sich später herausstellte, nichts war als ein Wappen. Nichts als ein großer kultivierter Irrtum.

Aber mein Vater war schwach, nichts als eine halbe Portion Mensch, so sagte mein Großvater einmal, übrig geblieben von einer Zelle, die ursprünglich hätte zwei geben sollen.

Ein halbe Portion Mensch, zu schwach zum Überleben. Das hatte er gesagt, anlässlich jenes Abendessens, bei unserem ersten Besuch in Herrenberg, nachdem mir der Braten auf das Kleid gekippt war. So eine halbe Portion Mensch, was könne da schon herauskommen. Damit meinte er mich.

Und trotz allem waren sie stolz auf deinen Vater, sagte Dagmar, auf seine Intelligenz, seinen Charme, auf seine Wärme, vielleicht, um die sie ihn beneideten, wer weiß. Denn bei den Gehrkes war Wärme ein rares Gut. Eine Familie, gezeichnet von Struktur und Verhärtung. Macht und Besitz, du bist, wer du scheinst. Dass er deine Mutter geheiratet hat, haben sie ihm nie verziehen.

Als sie nach dem Krieg alles verloren hatten, tat mein Großvater auch im Westen das, was er am besten konnte: schalten und verwalten. Nach dem grausamen Tod seiner Frau schien er rührselig geworden sein. Am Sterbebett noch soll er meine Mutter zu sich gebeten haben, weißt du, soll er gesagt haben, das war gar nicht unser Wappen. Wir hatten einen Hof, mehr nicht, das habe er gesagt. Und dass er Fehler gemacht habe. Das sehe er jetzt ein.

Dass sich das geheimnisumwitterte Gehrkesche Wappen später als falsch herausgestellt hatte, bestätigte mir nur den Eindruck, den ich selbst von meinen Großeltern gewonnen hatte, die wenigen Male, die ich ihnen begegnet war. In ihrer angeblichen Noblesse hatten sie sich mir, zumindest charakterlich, nie gezeigt, und welcher Stifter auch immer meiner Familie väterlicherseits dieses Wappen verliehen haben sollte, darüber wurde ich nie aufgeklärt. Aber dass Namensgleichheit nicht automatisch Wappengleichheit bedeutete, das leuchtete mir ein.

26

Er habe Fehler gemacht, ja. Das waren die Worte meines Großvaters auf dem Sterbebett. Und Gott habe ihn mehr als gestraft. Jener Gott, sollte es ihn geben, an den er allmählich zu glauben begann. Großvater hustete, das Hemd klebte auf seinen hageren Schultern, sein ganzer Körper schüttelte sich. Der Baum von einem Gehrke, einst stramm und stolz, gefällt von einer simplen Erkältung. Damit hatte es angefangen, nichts Besonderes, bald darauf waren die Lungenflügel befallen, erst der rechte, dann der linke. Er sollte sich nicht mehr erholen. Er habe mehr als gebüßt, sagte er, immer wieder, erst Claus, dann Erna, so ein grausamer Tod, das hätte sie nicht verdient. Und am Ende er selbst.

Ich lag auf dem Sofa in Jules Wohnung. Unter mir der See im Oktobernebel. Als könnte ich ihn spüren. Es dämmerte, Marlene schlummerte friedlich in ihrem Reisebett, das schwindende Licht hatte sie müde gemacht. Jule hatte Dienst.

Ich lag und dachte an meinen Großvater, ich stellte ihn mir vor auf seinem Krankenbett, in dem gestreiften Hemd, das ihm an die Brust klatschte, die schon brüchige Stimme, die ich nicht mehr hörte. Er war allein, als er starb. Die Letzte, die ihn gesehen hatte, war Marlies. Umso überraschender war diese Erbschaft für mich gekommen. Umso berührender. Das musste seine Form der Abbitte gewesen sein, dachte ich. Wie schwer es ihm gefallen sein musste, um Verzeihung zu bitten.

Das Licht draußen begann sich zu verändern, Herbstlicht, dachte ich, die Jahreszeit der Toten. Oder der Erinnerung daran. Mein Großvater war im August gestorben, am Zenit des Sommers, gewissermaßen, wenn das Gewachsene langsam verdorrt. Die Droste-Hülshoff im Mai, gleich hier in der Nähe, auf ihrer Burg über dem See. Auch sie hatte sich zu Tode gehustet. Ich musste an das hölzerne Bett in ihrem Sterbezimmer denken, mit den geschwungenen Enden, so kurz und so schmal, ein Gehrke hätte da niemals hineingepasst, nicht einmal der schwache, vom Leben geknickte Gustaf der letzten Wochen.

Als es klingelte, brauchte ich eine Weile, um zu begreifen, wo ich war. Ich schrak hoch und ging mechanisch zur Wohnungstür, vielleicht Jule, dachte ich, vielleicht hatte sie sich in der Schicht geirrt und ihren Schlüssel vergessen. Ich öffnete.

Vor mir stand Hajo.

Der Spion, der aus der Kälte kam, schleuderte er mir entgegen, er lachte übermütig. Mit mir haben Sie nicht gerechnet, ma chère. Im Übrigen glaube ich nicht, dass ich hier wohl gelitten bin. Aber um so etwas habe ich mich ja noch nie geschert.

Er holte eine Flasche Grand Cru aus der Innentasche seines Cord-Zweireihers. Ein Gläschen würde auch Marlene nicht umbringen. Ich nehme doch an, du stillst. Ein spöttischer Zug um den Mund.

Er habe die Anschrift über meine Zeitschriftenredaktion erfragt, schließlich sei er ein nahestehender Verwandter. Näher als mir recht sei, vermutlich. Wieder lachte er. Er habe bloß gehofft, nicht dieser Affenfrau zu begegnen, wie hieße sie doch gleich.

Jule.

Mein Stiefvater folgte mir wortlos in die Küche. Ich nahm ihm die Flasche aus der Hand.

Was willst du hier?

Ich dachte mir, ich bringe ein wenig Licht in diese Höhle. Oder ist das Absicht, dass ihr hier im Dunkeln sitzt?

Gut erkannt. Marlene schläft. Du kannst froh sein, dass du sie nicht geweckt hast.

Soll ich dir etwas sagen, ma chère, ich glaube, du liebst deine kleine Dunkelheit, dein bisschen Tunnelblick und Seelenschmerz.

Komm zur Sache, was willst du hier?

Ein bisschen Licht in deine Höhle bringen, habe ich doch gesagt.

Er zog eine Schublade auf, ich streckte ihm den Korkenzieher hin, der über der Anrichte hing. Langsam begann er die Flasche zu entkorken. Er muss noch ein bisschen atmen, ein ausgezeichneter Jahrgang.

Dann schlich er ins Wohnzimmer, er beugte sich über das schlafende Kind, das ein leises Gurgeln von sich gab, er berührte es vorsichtig an den Händen, die zu einer Faust geballten kleinen Finger.

Er hat selbst nie Kinder gehabt, dachte ich.

Jetzt sah ich ihn hier an Marlenes Bett stehen und ich dachte an die wenigen innigen Momente, im Wald, auf der Jagd, trotz allem, es hatte sie gegeben, die fast unheimliche Stille in der Dämmerung, diese Allverbundenheit, so nah am Sein, Leben und Tod. Momente mit meinem Stiefvater.

Deine kleine Dunkelheit, das hatte er gesagt, dein bisschen Seelenschmerz. Er kannte mich besser, als ich es zuließ.

Draußen war es Nacht geworden. Ich beobachtete Hajo von der Küche aus, wie er sich über Marlene beugte. Die Deckenlampe über dem Herd spiegelte sich in den Fenstern zum Hang. Dahinter der See im Nebel, nur zu erahnen.

Hajo kam zurück in die Küche. Er öffnete nacheinander die Türen der Hängeschränke, bis er zwei Gläser gefunden hatte, die einigermaßen gleich aussahen. Dann goss er den Wein ein. Ich sah zu, wie die purpurfarbene Flüssigkeit in die Kelche floss, ich überlegte, ob ich ihn rausschmeißen sollte.

Ich habe dir einen Vorschlag zu machen, sagte Hajo. Er schob mir einen Stuhl hin und ein Glas Wein.

Ich höre, sagte ich.

Du weißt, Carla, mir sind die Hände gebunden.

Ach. Tatsächlich.

Sei nicht zickig.

Als ich dich das letzte Mal um etwas gebeten habe, sagte ich, stand ich buchstäblich an der Wand.

Die Position hatte durchaus ihren Reiz, fand ich.

Du Schwein.

Ok, sagte Hajo leise, er kaute auf seinem Zeigefinger. Vielleicht bin ich zu weit gegangen, damals, es tut mir Leid. Ich entschuldige mich in aller Höflichkeit.

Er kam um den Tisch herum und legte mir einen Arm um die Schulter. Ich stieß ihn weg, fass mich nicht an, zischte ich. Ich spürte seine Nähe wie einen Brand. Sein heißer Atem, plötzlich konnte ich ihn riechen, direkt über mir, er roch nach Whiskey und Minze.

Wie damals in seinem Büro, ich stand mit dem Rücken zur Wand, in Hajos Arbeitszimmer in Waltershofen, er hatte gebrüllt, so laut, dass ich mich vor ihm duckte. Du machst mir keine Vorschriften, hatte er gebrüllt, einem nackten Mann in die Tasche zu greifen, mir, der dich herausgeholt hat aus dem Familiendreck, der dich hineingeworfen hat in die Welt, in das wahre Leben. Ihr wärt doch verkümmert in eurer Hütte, du mit deinem toten Daddy auf dem Altar. Oh ja, ich habe ihn geliebt, deinen Vater, mehr als du glaubst, mehr als ihr alle glaubt. Er war ein anständiger Kerl. Das war ich ihm schuldig. Alles. Er war mein Freund, ja.

Dann hatte mein Stiefvater angefangen, die Regale leerzufegen, alles hier, schrie er, nichts als Tand, unnützes Zeug, er schleuderte Bücher und Zeitschriften auf den Boden, alles, was ihm in die Finger kam. Auch ich habe ihn verloren, deinen Vater. Eine Vase klirrte, zerschepperte auf dem Boden. Ich sah auf die blau-weißen Scherben auf den Dielen, die chinesische Vase aus der Ming-Dynastie, daneben ein zerbrochener Rahmen, ein Bild meiner Mutter vor den Stallungen. Alles nichts, schrie er.

Deinetwegen hat er sich umgebracht, hatte ich gesagt, leise, kaum hörbar. Wegen dir. Und Mama. Ich spürte, wie mir die Beine wegknickten.

Hajo hielt in der Bewegung inne, taumelte rückwärts und suchte nach dem Gleichgewicht. Er ließ das Lexikon fallen, das er im Begriff war, auf den Boden zu schmettern. Das ist nicht wahr, sagte er. Das ist nicht wahr. Es war, als hielten wir beide schlagartig den Atem an.

Dann kam er auf mich zu, ganz langsam, er drückte mich gegen die Wand. Ich stand wie ohnmächtig.

Diese unheimliche Stille, die eingetreten war, so plötzlich, das irre Funkeln in seinen Augen, so bekannt, so eindringlich. Das verschwörerische Lächeln, das dann folgte, als er mir unters Kleid griff, seine Stimme beschwörend, so liebenswert, weich, war er das wirklich? Wie früher auf dem Hochstand, oder auf dem Weg dorthin, wenn wir allein in den Wald gingen, meine kleine Mädchenhand in der seinen, der kräftige Händedruck, der sagte, du und ich, nur wir beide. Ich will aufbegehren, als er sich an mich drückt, mir das Kleid hochschiebt. Das Bild meines leiblichen Vaters schießt mir in den Kopf, er war mein Freund, ja, Hajos Worte, verzweifelt, wild, seine Lippen heiß, kalt, heiß, Lippen, die sich auf mich drücken wie ein Fluch, wie ein inbrünstiges Flehen, ihm zu glauben.

Irgendwann hatte ich aufgehört, mich zu wehren. An der Wand über mir die Karikatur meines Vaters. Ich empfand nichts als Erlösung.

Später hatte er mir die Haare aus dem Gesicht gestrichen, in den Nacken gelegt. Zärtlich, seine knotigen Hände. Du bekommst dein Geld, hatte er gesagt im Hinausgehen.

27

Jetzt war er wiedergekommen, ich hatte ihn monatelang gemieden. Ich war nach Meersburg geflohen und er hatte mich gefunden. Er hatte mich regelrecht aufgespürt.

Und da stand er nun, neben meinem Stuhl, an Jules Küchentisch, so nah, dass ich ihn körperlich spürte.

Fass mich nicht an, zischte ich.

Hajo ließ mich los und setzte sich auf den Stuhl gegenüber.

Das Wirtschafterhäuschen, begann er. Ich dachte mir, ich überschreibe es dir. Du kannst es vermieten, verkaufen, was auch immer. Oder selbst darin wohnen. Du könntest mit Marlene dort leben, deine Mutter freut sich, die hat eh keine Aufgabe. Es kostet dich nichts, nur die Heizung, Strom, die allgemeine Wartung.

Was? Das Haus, in dem mein Vater …?

Dass es ungenutzt herumsteht, macht ihn auch nicht wieder lebendig. Ich dachte, die Erinnerung an ihn würde dir gefallen, ein bisschen Nostalgie, ein Hauch von Jacques Brel und Vinyl …

Aber das ist nicht dein Ernst. Der Rotwein brannte in meiner Kehle, mir wurde schlecht. Ich versuchte aufzustehen, verlor das Gleichgewicht und stieß mit dem Knie gegen die Tischkante.

Warum verkaufst du nicht einfach deinen Wagen und dein Boot, flüsterte ich. Das Häuschen, meinetwegen auch das.

Ich musste mich wieder setzen, alles drehte sich vor meinen Augen, mir gegenüber Hajo, seine knotigen Hände auf dem Tisch, übereinandergelegt, wie zum

Gebet. Er rührte sich nicht von der Stelle. Er war Jäger. Er war geübt darin abzuwarten.

Geh, sagte ich noch einmal.

Hajo machte keine Anstalten.

Am Tag, als mein Vater sich umbrachte, regnete es. Genauer gesagt, an dem Tag, als sie ihn fanden. Die vor dem Haus aufgestapelten Holzscheite glänzten von der Feuchtigkeit, als ich in Pantoffeln ins Freie trat. Die Wege, alles nass. Es war früh am Morgen. Ich hatte Geräusche gehört, allen voran einen lauten Knall. Ich dachte, ich hätte schlecht geträumt, eine Weile noch blieb ich liegen, ich versuchte, dem Traum nachzuspüren. Aber eine unerklärliche Unruhe hatte mich beschlichen, irgendetwas stimmte nicht. Am Vorabend noch hatte ich meinen Vater aufgesucht, es war alles wie immer, fast alles, traurig wie immer. Er zeichnete eine seiner Katzen und steckte sie mir in die Socke. Noch eine, sagte ich, für den anderen Fuß. Er zeichnete. Dann bot er mir Suppe an, sie war heiß und zu scharf. Er entschuldigte sich und streckte sie mit Wasser. Tomatensuppe. Ich aß sie ihm zuliebe, um einen Grund zu haben zu bleiben. Ich spürte, dass er mich früher wegschicken würde als üblich, er wirkte angestrengt und nicht wirklich bei der Sache. Auf dem Tisch stand eine Flasche Schnaps, ansonsten war alles ordentlich, er hatte aufgeräumt. Er sei müde, sagte er schließlich, ganz besonders müde. Zum Abschied drückte er mich lange und fest.

Irgendetwas stimmte nicht, das hatte ich gleich gespürt. Ich war aufgewacht, unruhig, ich hatte geschwitzt, ich hatte den Regen gehört, die ganze Nacht, unaufhörlich perlte er gegen die Scheiben, dann hatte ich die Fahrzeuge gehört. Ich hatte meine Anna unter den Arm geklemmt und war ans Fenster gegangen. In der Einfahrt stand der Kastenwagen der Polizei, ich sah die Männer in ihren weißen Schutzanzügen. Ich rannte die Treppe hinunter, an der Haustür hielt ich inne, als hätte ich Angst vor dem, was ich gleich sehen würde. Etwas Schlimmes war passiert, das wusste ich. Ich starrte auf die gestapelten Holzscheite. Wie sie glänzten. Ich dachte an den Kamin in Vaters Wohnzimmer. Dann rannte ich los über den Hof, meine Mutter hielt mich auf. Die Absperrbänder, rot und weiß. Im ersten Moment habe sie nicht einmal schreien können, sagte meine Mutter später. Sie hatte den Schuss gehört. Ich auch, jetzt wusste ich es, ich hatte es nicht geträumt. Es war Hajo, der ihn gefunden hatte. Und es war sein Gewehr. Das schöne mit dem rotbraunen Holz, das ich selbst einmal hatte halten dürfen.

Am Abend bekam ich Fieber, Hajo und Marlies wechselten sich ab an meinem Bett. Sie hielten meine heiße Hand.

Mein Papa sei müde gewesen, sagte Hajo, er habe ganz einfach schlafen wollen.

Ja, wisperte ich, ganz besonders müde.

Als ich wieder auf den Beinen war, Tage später, regnete es längst nicht mehr, es war warm und von meinen Pantoffeln bröckelte der getrocknete Schlamm der Tatnacht. Ganz heimlich schlich ich mich von hinten an das Häuschen an. Ich spähte durchs Fenster, die Spurensicherung hatte den Tatort inzwischen freigegeben. In der Küche war alles wie an unserem letzten Abend, nur die Schnapsflasche auf dem Tisch war weg. Und auf der Schwelle zum Flur war ein dunkelroter Fleck auf dem Holz.

Warum gehst du nicht einfach?

Hajo saß immer noch an Jules Küchentisch, als wolle er Wurzeln schlagen.

Ich erhob mich und ließ ihn sitzen.

Dann ziehe eben ich in das Haus, sagte er.

Ich reagierte nicht. Er wartete.

Es war mein Gewehr, sagte er schließlich. Ich hatte den Waffenschrank nicht verschlossen.

Ich weiß.

Wir haben ausgesagt, er hätte mir den Schlüssel entwendet, es war die Idee deiner Mutter.

Er hätte es so oder so getan, sagte ich, auch ohne dein Gewehr.

Als kurz darauf das Telefon klingelte, wurde Marlene wach. Sie fing augenblicklich an zu schreien.

28

Wie geht es meinem Engelchen?

Du hast sie aufgeweckt.

Ist alles in Ordnung?

Hajo ist hier. Wusstest du das?

Ich gab meinem Stiefvater ein Zeichen und drückte ihm das weinende Kind in den Arm.

Hat sie auch genug getrunken? Halt sie mir doch mal ins Telefon.

Solange ich mit dir telefoniere, Marlies, kann sie nicht trinken.

Dann ruf ich später an.

Hajo ist hier, sagte ich.

Es war unmöglich zu meiner Mutter vorzudringen. Sie hörte nur das, was sie hören wollte.

Wir haben über meinen Vater gesprochen und über das Haus, sagte ich.

Ach ja. Aber Marlenes Stimme ist kräftiger geworden, nicht wahr?

Ob sie das zusammen ausgeheckt hätten, fragte ich, sie und Hajo, das mit dem Häuschen. Dass ich dort einziehen solle, dass er es mir überschreiben wolle.

Jetzt ist sie still, sag bloß, wie hast du das angestellt?

Sie ist überhaupt nicht still, sie ist nebenan. Ich habe die Tür zu gemacht.

Es hatte keinen Zweck.

Monatelang hatte ich meinen Stiefvater gemieden,

meine Mutter war Zeugin, und nicht ein einziges Mal hatte sie sich gefragt, warum. Eingewickelt in ihren Kokon aus Schuld und Entsagung. Was hatte sie, Marlies, denn noch vom Leben zu erwarten, in einer Welt, in der sie stehen geblieben war, die sich gegen sie zu verschwören schien, von Anfang an, ein paar Höhepunkte in ihren Zwanzigern, vielleicht, ein bisschen Glamour, ein bisschen Glanz, mehr nicht, seit Jahren nur Stillstand, ein paar Stoffbahnen, die sie zum Leben erweckte, zum schönen Schein, ein bisschen Samt und Seide für das Enkelkind, das ihr vom Himmel gefallen war, so unerwartet, ein Mädchen, auch das noch, eine kleine Prinzessin zum Verwöhnen und Vergessen, gegen die eigene Angst zu verschwinden. Als könne sie mit Marlene all das ungeschehen machen, was sie an mir unterlassen hatte.

Ich legte auf und den Hörer neben den Apparat. Sollte sie sich doch die Finger wund wählen.

Hajo saß im Wohnzimmer und schnitt Grimassen. Vielleicht verstünde ich jetzt besser, warum er seinen Sportwagen brauche und sein Boot. Meine Mutter werde mit jedem Jahr anstrengender, und seit sie Großmutter sei unerträglich.

Marlenes Schreien wurde schriller, sie hatte Hunger, und sie musste die Spannung spüren. Hajo hatte verzweifelt versucht, sie zu bändigen. Gib mir mein Kind, sagte ich. Ich entriss ihm das Kind. Es ist mein Kind.

Hajo schüttelte sich und strich sein Jackett glatt.

Ich hatte nicht vor, sie mit nachhause zu nehmen, sagte er. Oder hast du Angst, dass meine Schlechtigkeit sich überträgt durchs Anfassen? Dass ich sie infiziere mit weiß Gott was.

Er nahm sein Taschentuch heraus und wischte sich das linke Schulterblatt sauber, die kleine Schleimspur, die der Säugling hinterlassen hatte.

Es sieht eher so aus, als hätte sie mich befleckt, sagte er.

Mein Stiefvater widerte mich an. Wie er mit seinem Stofftaschentuch herumhantierte, seelenruhig. Natürlich trug es seine Initialen. Als würde er Marlenes Geschrei einfach ausblenden. Ungerührt.

Warum gehst du nicht einfach und lässt uns in Ruh. Kein Mensch braucht dich hier.

Offenbar doch.

Ich muss das Kind stillen.

Na und, ich hindere dich nicht. Du musst mich wahrlich hassen. Aber zu einfach solltest du es dir nicht machen, meine Liebe. Verachtung hat immer auch mit einem selbst zu tun. Hast du das noch nicht gelernt aus deinen Romanen?

Hör auf jetzt, schrie ich, hör endlich auf. Was weißt du schon. Du hast keine Ahnung. Soll ich dir mal was sagen, ok, ich sag's dir, du hast es nicht anders gewollt. Ich musste anschreien gegen das Organ meiner Tochter, ich spürte, wie ich mich in Fahrt redete, die leise

Carla, ich kannte mich selbst nicht mehr, mir war, als könne meine Stimme meine Wut nicht mehr tragen. Möchtest du es wirklich wissen? Willst du die Wahrheit, dann kannst du sie haben. Ich hielt einen Moment inne, versuchte mich zu fassen.

Es ist auch dein Kind, schrie ich, wusstest du das, DEIN Kind. Jetzt war es heraus. Die ganze Wahrheit, ich spie sie ihm vor die Füße. Dann verstummte ich. Als hätte man mir den Ton abgedreht. Ich hatte Mühe ihn anzuschauen.

Ich hatte es ihm gesagt, tatsächlich, einfach so. Jetzt stand ich da, das schreiende Bündel auf dem Arm, ein Stechen in meinem Schädel, das sind die Nerven, dachte ich, ich stand da und konnte es nicht fassen, meine eigene Courage, oder war es Ohnmacht, der Verlust jeglicher Kontrolle über mich selbst. Ich hatte es gesagt, ich hatte es herausgeschrien, lauter noch als das schreiende Kind, das in meinen Armen zappelte und nach Luft rang.

Ich muss sie stillen, sagte ich.

Das letzte Bild, das ich mitnahm, war das von Hajo, als ich schließlich wagte ihn anzusehen, dann doch, ich sah seinen offenen Mund, den lauernden Blick, wie ein Raubtier vor dem Sprung. Die erstarrten Gesichtsmuskeln, die sich allmählich entkrampften, sich entspannten, seine ausgebreiteten Arme, die er langsam sinken ließ, eine Geste der Hilflosigkeit, die im Halbdunkel glänzenden Augen. Er lächelte. Wie ein Junge, dem man gesagt hatte, er habe gut gekickt.

Kurz nach dem Stillen musste ich eingeschlafen sein. Als ich aufwachte, lag ich in Jules Schlafzimmer, Marlene satt und brabbelnd an meiner Seite. An der Bettkante saß Hajo und schaute verklärt auf sein Kind.

Er werde ein guter Vater sein, selbstverständlich, er werde Marlene den Wald zeigen und die Rehe und sie schützen vor den großmütterlichen Angriffen. Er werde sie die Stille lehren. Und die Demut vor dem Leben, ja, das habe er selbst erst gelernt, die Demut auch vor den eigenen Fehlern. Ob ich, Carla, mich noch erinnerte, unsere nächtlichen Ausflüge ins Revier?

Oh ja, ich erinnerte mich gut, du und ich, nur wir beide. Marlene und ich, dachte ich, nur wir beide.

Marlene von Rechen, sagte Hajo feierlich. Der Wein hatte seine Wangen gerötet. Er schien gerührt zu sein von seiner eigenen Potenz. Wer hätte das gedacht, dass der alte Hajo noch die Linie fortsetzen würde. Er werde seine Vaterrolle ernstnehmen, ernster als mir lieb sei, womöglich, und wenn es ihn die eigene Ehe koste. Das Kind brauche einen Vater. Marlies solle nur weiter ihre Kleidchen nähen, das wolle er ihr gar nicht nehmen, aber den Vater könne sie Marlene nicht ersetzen, niemals, das könne keiner. Marlene von Rechen.

Er sei herzlos, hatte ich ihm vorgeworfen, und kalt, er würde Marlies vernichten mit einem Wimpernschlag. Sieh her, mein Kind, würde er ihr sagen, von deiner eigenen Tochter.

Ich stellte mir vor, wie er sich vor sie hinstellte, einfach so, ohne Ankündigung. Marlies würde sich eine Haarsträhne aus dem Gesicht streichen und ihn erwartungsvoll ansehen. Was gibt es? Vielleicht würde er es ihr beim Frühstück mitteilen, übrigens, was du wissen solltest … Vielleicht in der Einfahrt, quasi en passant, nach dem Einkaufen, oder abends, wenn sie neben ihm lag, in ihrer trügerischen Geborgenheit, die ihr so wichtig war, in dem großen Biedermeierbett mit den floralen Bezügen.

Wie konnte er nur so kaltblütig sein. Und doch ertappte ich mich bei dem Gedanken, sie hätte es verdient.

29

Hajo war nach Waltershofen zurückgekommen, verändert, wie meine Mutter fand, wie sie mir später erzählte, vorheulte am Telefon. Zum ersten Mal seit Marlenes Geburt war nicht Marlene der Grund ihres Anrufes gewesen, sondern die offensichtliche Sorge um sich selbst.

Er sei verändert gewesen, kalt, dabei gut gelaunt, so unbeteiligt. So unnahbar. Er werde doch nicht wieder, wie damals, sie schluckte hörbar, als wagte sie nicht, das

Entsetzliche auszusprechen, noch einmal könne sie ihn nicht verlieren, nicht noch einmal einen Mann. Ihre ganze Ehe über habe sie Angst gehabt, sie werde ihn eines Tages verlieren, an eine andere Frau, an den Wahn. Oh Gott, noch einmal so eine Nacht wie damals, wie dankbar sie mir doch sei, dass ich mit ihr da rausgefahren sei, ein wild gewordener Hajo, was habe sie nur für Männer, ihr ganzes Leben, verpfuscht.

Hajo sei aus Meersburg zurückgekommen und sofort in das Häuschen gegangen, er habe eigenhändig den Boden geschrubbt, er habe Fotos gemacht, das Haus, habe er gesagt, man müsse es zum Leben erwecken, er habe die Leblosigkeit satt, die Totenstarre, die über dem Anwesen liege, in ihren Truhen von gestern, die Spinnweben überall, Marlies' hängende Mundwinkel, er sei verletzend geworden. Binnen kürzester Zeit habe er einen Streit vom Zaun gebrochen, wüst sei er gewesen. Dann habe er gesagt, dass er in das Häuschen ziehe, vorübergehend, er habe sein Leben satt, das gemeinsame, die ewige Wiederkehr des immer Gleichen, seine gepflegte Langeweile nach Gutsherrenart und ihr ständiges Herumschleichen, ohne Sinn und Ziel. Jede Geste meiner Mutter wie ein stummer Vorwurf an das Leben, das er ihr versagt habe. Wie ein nicht erfülltes Versprechen. Er brauche eine Auszeit, habe er gesagt, von ihr, von der Ehe, von sich selbst. Von diesen überholten Kulissen.

Hajo hatte die Böden gewienert und die Fenster geputzt und Marlies sich selbst überlassen. Er hatte sie schlicht und ergreifend ignoriert. Er hatte sein Tiffany-Figürchen einfach stehen lassen, auf der Anrichte gewissermaßen, im verstaubten Glanz ihrer ehemaligen Schaubühne.

Und meine Mutter fiel zurück auf ihr eigenes Drama.

Kommst du?

Ich, ihre Tochter, sollte alles richten.

Sie erwartete mich bereits. Als ich in Waltershofen eintraf, stand sie auf der Treppe, sie trug ihr tannengrünes Tuch aus Kaschmir, sie hatte es um den Kopf gewickelt gegen den Herbstwind. Ihre rotblonden Haare stachen darunter hervor, ein paar hauchfeine Strähnen. Sie sah älter aus, verhärmt. Sie hatte abgenommen, seit ich sie das letzte Mal gesehen hatte und ihre Haut war wie fleckiges Pergament. Ihre blaugrünen Augen glänzten, man hätte nicht sagen können, ob sie nass waren oder gereizt von der Witterung. Oder der untrügliche Spiegel ihrer Verzweiflung.

Da bist du ja. Sie versuchte ein Lächeln und wies Richtung Wirtschaftsgebäude. Da, in der Hütte. Da ist er seit Tagen und werkelt herum. Er kommt nicht mal mehr zum Essen ins Haupthaus. Sie blickte auf Marlene, die ich in ihrem Autositz auf die Treppe gestellt hatte. Mein Engelchen, sagte sie, da bist du ja. Und für einen Moment schien sie aufzublühen. Sie trug sie herein ins Haus.

Da bist du ja. Plötzlich schien mir die Situation unerträglich. Und ich, Carla, soll es wieder richten, dachte ich. Ihr ganzes kaputtes Leben. Ich war zum Auto zurückgegangen, um meine Tasche auszuladen, ich hatte nicht vor, lange zu bleiben, allenfalls eine Nacht, dann wollte ich zurück nach Freiburg. Ich war direkt aus Meersburg gekommen, es wurde Zeit, dass ich mich wieder bei mir zuhause einrichtete, in meiner Wohnung, die mir gehörte, uns, meiner Tochter und mir, und die ich mir nicht würde nehmen lassen.

Hajo stand vor der Tür unseres ehemaligen Hauses und winkte mich zu sich. Er hatte seine Drohung also wahr gemacht. Dann ziehe er eben selbst dort ein, ich erinnerte mich an seine Worte. Als wolle er sich der Vergangenheit stellen, dachte ich. Er würde es nicht lange darin aushalten.

Er sei herzlos, hatte ich ihm vorgeworfen, und kalt, er würde Marlies vernichten mit einem Wimpernschlag. Sieh her, würde er ihr sagen, das ist mein Kind, von deiner eigenen Tochter. Ich habe deine Tochter geschwängert. Das hast du doch immer schon gefürchtet, Marlies, je älter Carla wurde und je mehr sie dir glich. Argwöhnisch, wie du immer warst, nur besorgt um deine eigenen Pfründe. Sie gefiel mir, ja, weil sie dir glich. Aber ich schwöre dir, all die Jahre, die Carla bei uns war, ich hätte sie niemals angefasst.

All das würde er ihr sagen, schonungslos, davon war ich überzeugt. So wie er es mir gesagt hatte.

Noch schien meine Mutter die Wahrheit nicht zu kennen. Auch sie winkte mir zu von der Schwelle, ich solle ihr ins Haus folgen nach dem Ausladen. Du kommst dann, ja? Die kurze Euphorie über das Enkelkind konnte sie nicht hinwegretten über die Tatsache, dass ihr der Mann zu entgleiten drohte. Marlies musste die Wahrheit wittern, sie war immer gut gewesen in der Wahrnehmung von Bedrohung, und immer zu feige, aufzubegehren. Sie musste spüren, dass der Mann ihr fremd geworden war, der dort drüben im Vaterhaus herumräumte, hemdsärmelig, entschlossen, in jenem Haus, das so lange Tabu gewesen war, das seit Jahren leer stand und allmählich verwitterte unter der Last der Geschehnisse, unter den unausgesprochenen Schuldsprüchen. Dieser Mann, der sich von ihr entfernte mit einer Umtriebigkeit, die ihr Angst machte. Und dazu vor sich hin trällerte und fröhlich pfiff. Sogar Lieder hatte er noch. Dieser Mann, der mein Stiefvater war und noch dazu der Vater meiner Tochter. Heiter war er, das war das Bedrohlichste daran, als bräche er pfeifend auf in ein neues Leben und ließe sie, Marlies, in ihrem alten zurück, in ihrem wurmstichigen Biedermeierbett mit den verblassten Rosen und dem Geruch von gestärktem Leinen und Jasmin.

Meine Mutter winkte mich zu sich, und dort drüben, keine hundert Meter weg, winkte Hajo, geradezu gefährlich in seiner Heiterkeit, kurz davor, loszugehen und sie zu vernichten. Und auch er bedeutete mir, ins Haus zu kommen. Ich stand auf dem Kiesweg, in meiner Hand die kleine Reisetasche, ich schaute nach vorn, drehte mich um zu Hajo, schaute wieder nach vorn. Das Gesicht meiner Mutter, voller Erwartung, flehend. Na, komm schon. Sie wollte reden, sie wollte sich das Unheil von der Seele lügen, ihre Geschichte erzählen von Liebe und Gefangenschaft, wie oft schon hatte ich das gehört, vom unberechenbaren Prinzen, der auszog zu seiner vielleicht letzten Aventüre. Ich stellte die Tasche auf dem Kies ab, schaute auf das cognacfarbene Leder, auf den hellen Fleck unter dem Henkel, handtellergroß, eine ausgebleichte Stelle, so groß wie ein Schnitzel, dachte ich, wie der Fleck auf meinem Mädchenkleid, damals, mein Gott, wie lange war das her. Ich müsste das Leder einfetten. Ich nahm die Tasche wieder auf, drehte mich um und ging zu Hajo statt zu meiner Mutter.

Er erwartete mich lachend am Eingang, siegesgewiss stand er da und nahm mir das Gepäck ab. Ich betrat vorsichtig die Diele, die Böden knarzten unter meinem Schritt und es roch nach Bohnerwachs. Er half mir aus dem Mantel. Ob ich es mir überlegt hätte, fragte er, er strahlte. Er trug ein schlichtes Baumwollhemd mit hochgekrempelten Ärmeln und ein kleines geknotetes Halstuch. Sein Nacken war noch braun vom Sommer, vom Segeln, dachte ich, und an seinem Hals traten die Sehnen hervor, winzige Schweißtropfen glänzten auf seiner Haut. Willkommen, Carla, sagte er. Willkommen daheim. Er breitete einladend die Arme aus.

Dein ehemaliges Kinderzimmer wird das Zimmer für Marlene, sagte er. Ich werde es moosgrün streichen.

Moosgrün. Ich stand da mit offenem Mund und es schüttelte mich, plötzlich fror ich, es fror mich von innen heraus. Ich konnte meinem Blick nicht von meinem Stiefvater lassen, er sah gut aus, er lachte, er wirkte um Jahre verjüngt. Und er hatte einen weichen Glanz in den Augen, wie ein Kind unter dem Weihnachtsbaum, ja, er feierte Weihnachten im November, so kam es mir vor, die Geburt seiner Tochter, seiner heiligen, und die Geburt seiner selbst, eines neuen Hajo in einem neuen Leben. Das er sich mit mir einzurichten gedachte. Trügerisch seine Leichtigkeit, so dachte ich, aber faszinierend seine Eruptionen, dieses Lachen, seine Freude, so echt und wirklich in diesem Moment, unangreifbar. Das musste der Hajo sein, dem meine Mutter einst verfallen war.

Und so plötzlich dieser Hajo vor meinen Augen entstanden war, so schlagartig zerfiel dieses Bild.

30

Meine Mutter war hereingekommen, ganz leise, ich spürte ihre Anwesenheit in meinem Rücken. Sie musste mir gefolgt sein. Hajos Augen wurden schmal. Wo ist mein Kind, hörte ich ihn sagen. Seine Stimme war scharf, schneidend. Nur dieser eine Satz, er hätte gereicht. Ihm nicht. Er sagte: Wie kannst du meine Tochter alleine im Haus zurücklassen?

Marlies zuckte zusammen. Für ein paar Sekunden herrschte eine lähmende Stille. Ich drehte mich um, nahm meine Mutter beim Arm und führte sie hinaus.

Der Blick meiner Mutter, ich würde ihn nicht vergessen, dieser Blick, der niemandem mehr galt, die zu Stein gewordene Verwundung. Ich hatte diesen Blick schon einmal gesehen.

Ich erinnerte mich genau an jenen Tag im Oktober. Ich war gerade achtzehn geworden. Es war der Tag, an dem Oma Erna starb. Der Tag der Abrechnung, wie meine Mutter später sagte. Als das Leben Erna heimzuzahlen schien, was sie in ihrer Verbitterung gesät hatte. Sie hatte ihr Fett mehr als abbekommen, meine Großmutter, all die Jahre hatte meine Mutter es ihr prophezeit. Es müsse noch Gerechtigkeit geben auf Erden, pflegte sie zu sagen, das Leben verzeihe nichts. Ich hatte sie angesehen aus meinen zu weit auseinanderliegenden Mädchenaugen, zwei Schlitze, aus denen ich sie ungläubig musterte. Ein Mädchen von knapp acht Jahren. Nach der Beerdigung meines Vaters hatte sie es zum ersten Mal gesagt. Wir waren auf der Rückfahrt im Zug. Die erdgelbe Landschaft, die an uns vorbeiflog, das Sommerlicht. Es hatte seinen Zauber verloren. Ich drückte meine Puppe fest an mich, meine zerzauste Anna mit den roten Zöpfen.

Das Leben verzeihe nichts, sagte meine Mutter, und alles räche sich irgendwann, und Erna, ja, sie hatte mehr als büßen müssen, zehn Jahre später, auf grausige Weise büßen müssen.

Ich erinnerte mich genau an das Gesicht meiner Mutter an jenem Tag. Es war kurz nach Mittag, als die Nachricht uns einholte. Ich stand an der Treppe, wir hatten gerade gegessen. Aus der Küche roch es nach Kohl. Das Telefon klingelte und Marlies nahm ab. Damals hatten wir noch das weinrote Telefon mit den schwarzen Tasten. Es stand auf einem eigens dafür angebrachten Bord in Brusthöhe, gleich neben dem Schlüsselbrett. Marlies hatte sich mit ihrem vollen Namen gemeldet, wie immer, eine kleine Eigenart von ihr, als erfreue sie sich jedes Mal aufs Neue an dem würdevollen Klang. Marlies von Rechen. Wie immer. Und plötzlich erstarrte sie. Als hätte sie augenblicklich aufgehört zu atmen. Ich sah ihren offenen Mund, die vor Entsetzen geweiteten Augen. Glasig-grün. Unbeweglich. Sie schaute mich an, ohne mich zu sehen. Sie schaute durch mich hindurch. Bist du noch dran?, jetzt hörte ich die verzweifelte Stimme meines Großvaters am anderen Ende der Leitung, er war erregt, ich hörte ihn atmen. Marlies ließ den Hörer fallen. Ich wollte auf sie zugehen, an ihrer Stelle den Hörer ergreifen, der sich verselbstständigt hatte, an der gewickelten Schnur von dem Bord herunter baumelte. Aber ich konnte mich nicht auf sie zubewegen, ich war wie festgewachsen. Die Stimme meines Großvaters. Bist du noch dran, Marlies. Ich sah zu, wie meine Mutter langsam in sich zusammensackte, in ihrer hellen Bluse, dabei mit dem Kopf an das Schlüsselbrett stieß, wie sie mit dem Rücken die Wand entlang glitt, allmählich abrutschte und auf dem Steinboden sitzen blieb, die Beine von sich gestreckt.

Erna, flüsterte sie, sie ist verbrannt.

Meine Großmutter war beim Teekochen verunglückt. Sie hatte schon morgens getrunken, wie üblich, immer mehr hatte sie getrunken im Laufe der Jahre und immer weniger vertragen, klapperdürr, wie sie später war. Sie war früh aufgestanden und hatte getrunken und war wieder eingenickt. Irgendwann war sie in die Küche getaumelt, in ihrem Morgenmantel aus Kunstseide, sie hatte Teewasser aufgesetzt. Sie hatte die Beutel in die Kanne gehängt, dabei war sie zu nah an die Gasflamme geraten. Die Kunstfasern hatten sofort Feuer gefangen. Sie musste wild um sich geschlagen haben und geschrien haben wie ein Tier. Erna verbrannte bei lebendigem Leibe.

Dagegen konnte auch mein Großvater nichts mehr ausrichten, der vom Hof unten die Schreie gehört hatte und in die Küche stürzte. Er warf eine Wolldecke über seine brennende Frau und versuchte die Flammen zu ersticken, dann zerrte er sie ins Badezimmer, hievte ihren wie leblosen Körper in die Badewanne. Als der Notarzt eintraf, war Erna bereits tot.

Die hat ja rote Haare, so gar nichts von unserem Claus. So ein hässliches Mädchen. Du kleine Hexe, du. Ernas Sätze klingelten in meinen Ohren. Aber solch einen Tod hätte ihr niemand gewünscht. Immer wieder musste ich an die alte Erna denken, die Erna vom Bahnhof, stattlich, eine Grande Dame mit Hut. Da hatte der Alkohol sie noch nicht zersetzt. Ihre Seele, ja, aber nicht ihren Körper. Dazu das Bild meines Großvaters, wie er seine Zeitung las mit seinem Monokel, mich dabei kritisch beäugte aus den Augenwinkeln, jede meiner Bewegungen verfolgte und sich auffällig räusperte, wenn ich zu laut wurde oder meine Gesten zu hastig. Ein Gentleman, ein verhinderter, der an mir ausließ, was das Leben ihm an Glanz verwehrte. Ein mürrischer alter Herr, hadernd mit seinem Unvermögen, mehr zu sein, als er war, und mit seinen Verfehlungen, später dann, verbittert bis zum Tod. Ernas Unglück hatte ihm selbst alle Würde genommen und die geglaubte Größe. Und es hatte ihm Angst gemacht. Fortan war mein Großvater ein gläubiger Mann. Die Küche hatte er streichen lassen, den Gasherd ersetzt durch einen Elektroherd. Aber den Brandgeruch hatte er nie ganz aus der Wohnung bekommen. Und nie aus seinem Herzen.

Ernas Feuertod hatte alles infrage gestellt im Leben meines Großvaters, all die Illusionen, endgültig. Mit seinem Sohn hatte er schon früh seinen Hoffnungsträger verloren. Alle Erwartungen hatten auf meinem Vater gelastet, auf seinen schmalen Schultern. Ich war als Nachfolgerin nicht geeignet, war ein Aschenputtel in den Augen meiner Großeltern, ein Kind meiner Mutter, aussortiert, noch bevor ich gerade gehen konnte. Aber Ernas Tod hatte alles ins Wanken gebracht, all seine Gewissheiten, seine Selbstherrlichkeit, seine so unerschütterlichen Urteile. Wer so sterben musste wie Erna, so musste er gedacht haben, der hatte zu büßen für etwas. Und ebenso derjenige, der auf so grausame Weise die ihm Nahestehenden verlor. Als mein Großvater starb, war er nichts als ein Häuflein Gehrke, Gustaf Gehrke, ein bisschen Haut und Kochen unter einem gestreiften Pyjama.

31

Wie kannst du meine Tochter alleine im Haus zurücklassen?

Der Blick meiner Mutter, wie damals, als die Nachricht von Erna kam. Behutsam führte ich meine Mutter über den Hof, ganz langsam, von Hajo weg.

Sie bewegte sich ruckartig, wie ein Roboter. Der Kies knirschte unter unseren Füßen. Sie hatte eiskalte Hände.

Marlene war in ihrem Kindersitz eingeschlafen. Ich führte meine Mutter vorbei an dem Säugling, in ihr Zimmer hinein, zu ihrem Lieblingssessel neben der Nähmaschine. Auf dem Tisch lagen noch die Stoffmuster ihrer letzten Fantasien. Abrikosenfarbene Vorhänge fürs Kinderzimmer, Kissen mit grünen Schleifen. Moosgrün, dachte ich, ich musste an Hajo denken. Wie passend. Ich wollte die Stille aufbrechen, ein paar lobende Worte finden für ihren guten Geschmack, sie wollten mir nicht über die Lippen. Ich drückte Marlies in ihren Sessel, sie wehrte sich nicht.

Ist das wahr?, flüsterte sie. Du und Hajo?

Ihre Verkrampfung begann sich zu lösen, sie fing leise zu weinen an.

Komm, ich mach dir einen Tee. Plötzlich tat sie mir leid.

Und Marlene?

Sie hatte ihrem Mörder ins Gesicht geschaut, dachte ich, als ich in der Küche das Wasser aufsetzte. Dieser Blick, wie damals. Und sie hatte sich selbst gesehen, so musste es sein, ihren eigenen Anteil an allem, ihre Schuld, ihre Versäumnisse, das Drama ihres Lebens.

Als ich mit dem Tee zurückkam, hatte sie sich in ihrem Sessel aufgerichtet. Der eigenen Mutter den Mann wegzunehmen, sagte sie. Sie hatte aufgehört zu weinen. Aber ihr Körper bebte. Wie kann man so etwas tun. Das ist schamlos. Das gehört sich nicht. Du bist eine Hure, sagte sie. Sie schrie. Eine Hure von einer Tochter.

Das Tablett zitterte in meiner Hand, ich stellte es vor sie auf den kleinen Tisch, ich schob die Stoffmuster beiseite.

Und so etwas habe ich groß gezogen. Ich will deinen Tee nicht. Mit einem Ruck fegte Marlies die Teetasse vom Tablett, noch bevor ich ihr einschenken konnte. Wie durch ein Wunder überlebte diese den Angriff, sie fiel weich auf den kleinen Teppich, kullerte noch einmal um sich selbst und kam zum Stillstand.

Ich bückte mich nach der Tasse, um Zeit zu gewinnen, Zeit durchzuatmen, meine Wut zu drosseln, meine Wut und den Schmerz, die immer stärker wurden und nach außen drängten. Ich dachte an die blau-weiße Ming-Vase, die Scherben in Hajos Arbeitszimmer, wie er auf mich zugekommen war, schwer atmend, diese feinen Schweißperlen auf der Stirn, in seinem Nacken, am Hals, er hatte einen schönen Hals. Er hatte sich in Rage geredet und er brauchte ein Ventil, ich spürte wieder seine Hand an meinem Schenkel, unter dem leichten Kleid, seine ganze Spannung, die sich in mir auflösen sollte, seine Stöße in meinem Leib, seinen Atem, seinen Schweiß, seinen Geruch. Wie er sich in mir entlud. Ich kämpfte. Ich wollte diese Bilder nicht mehr haben, endgültig aus dem Kopf haben, aus dem Leib. Ich, Carla, die Hurentochter. Es tat unendlich weh.

Es war Hajo, sagte ich, nicht ich. Er hat mich einfach genommen. In seinem Arbeitszimmer. Kannst du dir das vorstellen? Nein, das kannst du nicht.

Plötzlich hatte ich den absurden Wunsch, meine Mutter möge aufstehen und mich in den Arm nehmen. Sie möge mir die Haare aus dem Gesicht streichen, wie früher, als ich ein Mädchen war, wie an den stillen Abenden, nachdem mein Vater sich umgebracht hatte, als sie an meinem Bett saß, nicht lange, aber sie war gekommen, jeden Abend. Es hatte gut getan, trotz allem. Und wenn ich weniger glücklich wäre mit Hajo, hatte sie gesagt, würde das deinen Vater auch nicht wieder lebendig machen. Das waren ihre Worte, Worte wie glühende Zangen.

Er hat mich einfach genommen, wiederholte ich. Weißt du, was das mit einem macht? Diese Ohnmacht. Du bist ein Nichts, so fühlt es sich an.

Meine Mutter lachte bitter auf.

Ein Nichts. Ich habe doch gemerkt, wie er dich angesehen hat all die Jahre. Meinst du, ich bin blind? Und wie du vor ihm auf und abgegangen bist. Du hast sehr wohl gewusst, wie du auf ihn wirkst.

Natürlich hatte ich es gemerkt. Vielleicht hatte es sogar gut getan. Er hatte mich beachtet, immerhin, er fand mich schön.

Du bist auch ein Nichts, sagte ich. Ein Garnichts. Ich presste es heraus aus mir. Du bist nicht einmal lebensfähig ohne einen Mann. Es ging dir immer nur um dich, um deine jämmerliche kleine Existenz. Marlies von Rechen, wie schön das klingt, und wie schön es sich lebt an der Seite eines Bonvivant, der einen durchs Leben trägt, weil man einen eigenen Weg niemals finden wird. Jetzt musst du selber schauen, wie du zurechtkommst. Es reicht eben nicht, hübsch auszusehen und zur Veredelung des Mannes beizutragen, an dessen Seite man geht. Das hat auch meinem Vater nicht gereicht. Wer weiß, vielleicht würde er noch leben. Wenn du hingeschaut hättest statt mit Hajo über das Parkett zu wirbeln, in deinen wunderbaren Kleidern, oder über die Lande zu fliegen in deinem süßen Cabrio, mit offenem Verdeck und wehenden Haaren. Während mein Vater alleine in seinem Seelenverlies saß und sich im Rotwein verlor.

Weißt du noch, Hajos Worte, du hast sie mir oft genug zitiert: Pass auf, dass du sie nicht verlierst, und damit meinte er dich, nicht an die Dunkelheit verlierst. Er sagte es zu meinem Vater. Und dann habt ihr IHN verloren, ihr habt ihn aufgegeben. Und Hajo wusste, wovon er sprach. Er ist der Dunkelste von allen. Sei doch froh, dass du ihn los bist.

Meine Mutter nestelte nervös an ihrem Rocksaum. Ihre Hände zitterten. Du bist gemein, sagte sie. Ich habe deinen Vater verehrt. Niemand konnte ihm helfen.

Du hast meinen Vater nicht gesehen. Nicht, als er dich wirklich brauchte. Du hattest ja Hajo. Und du hast auch mich nie gesehen. Und jetzt meinst du, alles wiedergutmachen zu können, indem du Marlene hübsche Kleidchen nähst? Ich warf einen verächtlichen Blick auf die Stoffballen und Muster auf dem Tisch.

Lass Marlene aus dem Spiel. Meine Mutter rückte sich in ihrem Sessel zurecht, sie schüttelte fassungslos den Kopf. Du willst mir wehtun, das ist alles, sagte sie.

Ja, du hast Recht. Ich will, dass es weh tut. So wie du deiner eigenen Mutter wehgetan hast, weil du dich für sie schämtest. Weil sie dir nicht gut genug war in ihrem zerschossenen roten Kopftuch. Weil sie eine alte Frau war und vom Leben gebeugt. Weil man mit ihr keinen Staat machen konnte.

Plötzlich hatte ich das Bild dieser Frau vor Augen, meiner Großmutter, Marlies hatte mir noch nicht einmal ein Foto gezeigt, sie schien alles gelöscht zu haben aus dieser unliebsamen Vergangenheit. Jetzt machte ich mir selber ein Bild. Eine alte Frau, ausgemergelt von Gram und Einsamkeit und von der Krankheit, die sich durch ihren Körper fraß. Noch nicht einmal ein Foto. Wie ich meine Mutter verachtete. Ich merkte, wie mir die Tränen in die Augen schossen. Plötzlich war ich zutiefst erschüttert von dem Schicksal dieser Frau, meiner Oma, die so klanglos aus dem Leben geschieden war, als hätte sie nie existiert.

Hast du wenigstens ein Bild von deiner Mutter?, fragte ich.

Ja, doch. Wieso? Meine Mutter sah mich überrascht an. Irgendwo. Ich müsste es suchen.

Ich musste ankämpfen gegen die Tränen.

War ich so viel anders als meine Mutter? Ich war kein Deut besser. Ich hatte sie noch nie nach einem Bild gefragt. Nicht einmal das.

Ich ging zurück in die Küche, ich brauchte ein Glas Wasser. Jetzt konnte ich die Tränen nicht mehr halten. Wie konnte sie nur so sein, dachte ich. Und ich selbst. So blind und gefühllos.

Als ich zurückkam, hatte meine Mutter sich Tee eingeschenkt, dann doch. Sie saß aufrecht in ihrem Sessel und schaute auf die Tasse vor sich, wie ausgeschaltet. Sie zuckte nicht einmal, als ich zu ihr trat.

Du hast deine Mutter nicht geliebt, sagte ich. Ich sagte es unter Tränen. Ich trat ganz dicht an sie heran. Ich stieß ihr meinen Atem ins Gesicht. Am liebsten hätte ich meine heißen Wangen an ihre gelegt, Haut an Haut. Ich hätte sie so gern gespürt. Und du hast auch mich nie geliebt, sagte ich.

Meine Mutter drehte sich abrupt weg. Warum sagst du das? Warum tust du mir weh?

Weil es die Wahrheit ist. Für dich zählten immer nur die Männer. Ohne Mann könne sie nicht sein, ich musste an ihre Worte denken, ihre eigenen Worte. Du hast mir nie eine Chance gegeben, dich zu lieben. Und als Hajo mich bedrängte, versteh mich bitte nicht falsch, da war er so nah. Es war schrecklich, aber es war … als hätte er mich auch dir ein Stück näher gebracht. Als wäre er ein Teil von dir.

Meine Mutter schluckte hörbar. Sie atmete tief ein. Es fällt mir schwer, sagte sie schließlich, eine Tochter zu lieben, die mir meinen eigenen Mann wegnimmt.

Sie hatte nichts gehört. Sie hatte nichts verstanden.

Es ist eben, wie es ist, sagte sie. Sie zuckte mit den Achseln, als ginge sie das alles nichts mehr an.

32

Hajo hatte mir ein Bett aufgeschlagen in meinem ehemaligen Kinderzimmer. Als wir ursprünglich dort eingezogen waren, hatte mein Vater es für mich eingerichtet. Ich war noch ganz klein. Sogar die Kommode stand noch, die er eigenhändig abgeschmirgelt hatte und dann lasiert. Später dann, als ich endgültig herausgewachsen war aus dem Elternbett. Ich hatte ihm dabei zugesehen. Das Zimmer war kleiner als mein späteres im Haupthaus, aber ich hatte es lieber gehabt. Weil es mit meinem Vater verbunden war und aus einer Zeit stammte, als mein Paradies noch stand. Als mein Vater noch Katzen zeichnete und französische Lieder sang. Als ich noch hörte, wie die Eltern sich unterhielten, damals lachten sie noch, als sie noch Worte füreinander hatten und Gesten, die mir nicht entgingen.

Jetzt war ich wieder dort, in meinem kleinen Zimmer mit dem Sprossenfenster nach Westen. Hajo hatte das Bett weiß bezogen, ganz weiß, natürlich roch es wie die Wäsche meiner Mutter. Ich ließ mich hineinfallen in die Daunen, Marlene strampelte neben mir, als wäre sie immer schon dort gelegen.

Hajo klopfte. Er brachte mir eine Kerze nach oben, das mögen die Frauen doch, sagte er. Er verhielt sich abwartend, zurückhaltend. Er werde uns eine Suppe machen, ich solle ein Bad nehmen, er werde Marlene mit in die Küche nehmen. Fehlen noch die Wände, sagte er. Moosgrün. Er lachte. Das ganze Haus brauche einen Anstrich. Er sei lange noch nicht fertig.

Unten in der Küche hantierte er mit seinen Kräuterbüscheln, aus dem Radio kam klassische Musik. Marlene strampelte in ihrem Kindersitz auf dem Küchentisch. Ich blieb eine Weile vor der geöffneten Tür stehen und beobachtete die Szenerie. Dann sah ich den Fleck auf dem Dielenboden im Flur. Hajo musste ihn mehrfach bearbeitet haben, er war deutlich nachgedunkelt. Er hatte ihn abgeschliffen, so hatte mir Marlies erzählt, bis er ganz hell war, und immer wieder gewachst. Er war fast nicht mehr sichtbar, aber wenn man genau hinsah, sah man ihn doch.

Hajo bedrängte mich nicht. Er servierte mir die Suppe, er goss mir Wein ein, ein vorzüglicher Burgunder, sagte er. Den hat auch dein Vater gern getrunken. Claus, sagte er, wie sehr habe ich ihn vermisst in all den Jahren.

Du hast meine Mutter vernichtet, sagte ich.

Nicht weniger als du. Er goss mir nach.

Ich bin müde, ich möchte schlafen.

Ich konnte lange nicht einschlafen. Ich lauschte den Geräuschen des Hauses, dem leisen Atmen meiner Tochter, die neben mir lag, so klein und zerbrechlich, so neu noch auf dieser Welt. Sie hatte alles noch vor sich. Ich lauschte dem Wind in den Blättern vor meinem Fenster, so friedlich, wenn man nicht nachdachte, wenn man sich einfach treiben ließ von den Tönen, von den Stimmen des Herbstes, die einen einwiegten. Wenn man es nur zuließe. Unten klapperte Hajo mit dem Geschirr, er hatte das Radio leiser gestellt. Er nimmt Rücksicht, dachte ich. Auf Marlene. Auf mich.

Sie war gut, seine Suppe, er hatte immer gut kochen können. Genau wie mein Vater. Und ich dachte an die Tomatensuppe meines Vaters, unsere letzte Suppe. Sie war viel zu scharf für einen Kindergaumen und er hatte sie mit Wasser gestreckt. Er hatte nicht mehr mit mir gerechnet an diesem Abend. Wäre ich nicht gekommen, er wäre auch so gegangen. Einfach so.

Die blutrote Suppe, dachte ich, das dunkle Blut, der Fleck und die Spritzer, so ein unschöner Fleck, im Flur. Einfach weggewachst, fast weg. Meine Lider wurden schwer. Das befleckte Haus, aus die Maus, aus die Katzen, die Zeichnungen in der alten Schachtel, die Lieder, alles aus. Licht aus. Hajo, seine kräftige Hand, die Stille danach, nur du und ich, nur wir zwei, wir zwei beide. Nur wir drei. Mit Marlene sind wir drei. Einsam. Dreisam. Ich dachte an Frieder. Irgendwann schlief ich ein.

In der Früh wurde ich von Hajo geweckt. Meine Mutter sei fort. Ich wusste sofort, wo sie war.

Wir fanden sie am Waldrand auf dem Stammhochsitz meines Stiefvaters. Wie oft war ich selbst dort mit Hajo gesessen. Einen Moment lang wurde mir die Brust ganz weit, ich roch den frühen Morgen, das noch feuchte Gras und den Waldboden. Unzählige Male war ich mit ihm dort gewesen. Die verschwörerische Stille, nur wir zwei. Bis die Sache mit dem Reh passiert war. Ich hatte den Wald vermisst und unsere kleine Einheit, es fiel mir schwer, mir das einzugestehen.

So manches Mal war ich später hinausgefahren, heimlich, wenn ich wusste, Hajo würde nicht dort sein. Ich war hinaufgeklettert auf den Anstand und hatte gelauscht, die Einsamkeit in mich aufgenommen. Meine Mutter war selten mit hinausgegangen. Sie ging viel spazieren, aber selten an diesen Ort. Nur manches Mal schien es mir, als stünde sie weitab am Wiesensaum und schaute zu uns hinauf, eine kleine, helle Figur, halb bedeckt von den Bäumen des beginnenden Waldes. Ein Zaungast, der kurz auftauchte und alsbald wieder verschwand. Diesmal war sie selbst hinaufgeklettert.

Von Weitem schon sahen wir ihren hellen Mantel, sie saß zusammengekauert in einer Ecke. Als sie uns näher kommen sah, stand sie auf, sie hatte einen Strick um das Holzgeländer gebunden. Sie wollte auf das Geländer steigen, dabei stützte sie sich an dem Stamm des angrenzenden Baumes ab. Oben angelangt, drehte sich noch einmal um.

Einen Augenblick verharrte ich und verfolgte ihr Spiel. Dann machte ich kehrt und ging langsam davon. Immer nur hatte sie sich von anderen retten lassen, dachte ich. Jetzt war sie selbst einmal gefragt.

An der Baumgruppe zur Wiese hin stand Hajo. Er packte mich an den Schultern.

Wenn du meinst, hol du sie da runter, sagte ich. Es ist deine Frau. Aber keine Angst, sie wird sich nichts antun.

Ich erinnerte mich, plötzlich hatte ich dieses Bild vor Augen, ich war sieben Jahre alt, vielleicht, und gerade von draußen gekommen. In der Küche hörte ich Stimmen, mein Vater, er schimpfte, das hatte er ganz selten getan, er schimpfte leise mit meiner Mutter. Mein Vater war nie laut geworden, es sei denn aus Übermut. Als ich hereinkam, hörten sie auf zu reden, meine Mutter schluchzte. Auf dem Küchentisch lag eine geöffnete Schachtel Tabletten, jede Einzelne war herausgedrückt aus dem Schutzstreifen, weiße Kügelchen, sie verteilten sich auf der Tischplatte.

Minzpastillen, sagte mein Vater, und schüttelte den Kopf.

Nur ein dummer Spaß, Carla. Dann begleitete er mich in mein Zimmer. Erwachsene seien manchmal komisch, sagte er, manchmal spielten sie einfach Theater.

Nein, sie würde es niemals tun.

Du kannst ihr ja ein Süppchen kochen, wenn sie runterkommt, sagte ich noch zu Hajo. Das kannst du gut. Dann entfernte ich mich Richtung Wiese, ich ging langsam, jeden Schritt wollte ich auskosten, der mich weiter von hier fortbrächte. Als ich weit genug weg war, drehte ich mich noch einmal um. Der Wald, der Anstand, meine ganze Kindheit tat sich noch einmal vor mir auf, Marlene hatte ich um den Bauch gebunden, sie wurde langsam schwer. Auf den letzten Metern zum Auto beschleunigte ich.

Vor dem Wirtschaftsgebäude fühlte ich nach dem Band in meiner Manteltasche, es war noch da, der Fetzen des Absperrbandes, das den Tod meines Vaters besiegelte. Das im Gebüsch gehangen hatte noch im Sommer danach, ich hatte es eines Tages gefunden und mitgenommen. Bis heute hatte ich es aufbewahrt, in einer Schublade meines geliebten Sekretärs. Mein Erbe, dachte ich. Und ich fühlte nach dem Brief.

Ich legte den Brief auf den Küchentisch. Ein kurzes Schreiben von meinem Anwalt. Die Kontoauszüge hatten ihm gereicht. Veruntreuung, hatte er gesagt, ein klarer Tatbestand. Jetzt sollte Hajo sehen, wie er da rauskam.

Das Absperrband klemmte ich im Hinausgehen in die Eingangstür, ein rot-weißer Fetzen, verdreckt von den Monaten draußen, und vergilbt von den Jahren, ich klemmte es zwischen Türblatt und Rahmen.

Frieder hob überrascht den Kopf, als ich später in die Werkstatt trat. Er schraubte an einem alten Hollandrad.

Schon zurück?

Marlene gluckste vor Vergnügen.

ISBN 978-3-86351-425-9

Lektorat: Petra Wägenbaur, Tübingen.
Umschlaggestaltung: Christiane Hemmerich
Konzeption und Gestaltung, Tübingen.
Titelfoto: »Blond Braided Hair Against White Background«
Getty Images / Fotograf: Amy Lockard, EyeEm.
Herstellung: Horst Schmid, Mössingen.
Satz: CompArt, Mössingen.
Druck und Einband: Pustet, Regensburg.

Mehr über das Verlagsprogramm von Klöpfer&Meyer
finden Sie unter *www.kloepfer-meyer.de*